塔上魔术师

〔日〕江户川乱步　著

叶荣鼎　译

山东画报出版社

译者序

红极一时的日本动漫《名侦探柯南》的作者漫画家青山刚昌，孩提时代曾是江户川乱步的超级追星族，他笔下的主人公江户川柯南的姓就取自日本推理文学鼻祖江户川乱步，名则取自英国的柯南·道尔。

日本作家历来都有用笔名的传统，江户川乱步本名平井太郎，早年就读于早稻田大学经济学专业，江户川就在早稻田大学旁边。巧合的是，"江户川"的日式英语发音"edogawa（爱多嘎娃）"，与"Edgar a-（埃德加·爱）"的发音极其相似；

"乱步"的日式英语发音"ranpo（兰波）"，与"llan Poe（伦·坡）"的发音又十分相近，故而决定以"江户川乱步"为笔名。从此，这个名字陪他度过了四十年推理文学创作生涯，也成为日本推理文学史上不可逾越的高峰。

1923年，乱步在《新青年》杂志上发表处女作《二钱铜币》，引发轰动。当时的编者按这样写道："我们经常这样说，《新青年》杂志上总有一天将刊登本国作者创作的侦探小说，并且远远高于欧美侦探小说的创作水平。今天，我们终于盼来了这一兴奋时刻。《二钱铜币》果然不负众望，博采外国作品之长，水平遥遥领先于外国名作。我们深信，广大读者看了这篇小说后一定会深以为然，拍案叫绝。作者是谁？是首位登上日本侦探文坛的江户川乱步。"

1925年，乱步发表小说《D坂杀人事件》，成功塑造了日本推理文学史上的第一位名侦探——明智小五郎。其后，他又陆续创作了《怪盗二十面相》《少年侦探团》等脍炙人口的作品，其中的"怪盗二十面相""少年侦探团"等角色已经突破了类型文学的束缚，成为世界文学史上的典型形象，先后多次被搬上各种舞台，改编成各种各样的影视、动漫作品。

第二次世界大战爆发后，江户川乱步因作品被禁止出版，投笔抗议，公开发表《作者的话》："我撰写的小说主要是把侦探、推理、探险、幻想和魔术结合在一起，让读者富有想象力和创造力。人类必须怀有伟大的梦想，经过不断的努力，才会创造出伟大的时代。没有梦想，没有幻想，就没有科学。历史已经证明，科学的进步多取决于天才的幻想和不懈努力。科学进步了，人民才会过上好日子。可是今天的战争，毁掉了科学，毁掉了人民的梦想，日本人民将会被一个不剩地当作炮灰，却还是避免不了失败的结局。"

1947年，日本侦探作家俱乐部成立，乱步被推举为主席。俱乐部在1963年改组为日本推理作家协会，至今仍是日本最权威的推理作家机构。1954年，乱步在六十大寿之际，个人出资100万日元，设立"江户川乱步奖"，用以激励年轻作家。在之后的半个多世纪里，以东野圭吾为代表的一大批优秀的日本推理文学作家通过这个奖项脱颖而出,他们的成绩也使得"江户川乱步奖"成为日本推理文坛最权威的大奖。

1961年,为表彰乱步在推理文学界的杰出贡献,日本政府为其颁发"紫绶褒勋章"(授予学术、艺术、运动领域中贡献卓著的人)。1965年,乱步突发脑出血去世,获赠正五位勋三等瑞宝章。为纪念乱步,名张市建有"江户川乱步纪念碑"与"江户川乱步纪念馆",丰岛区设有"江户川乱步文学馆",供日本与世界的爱好者与学者瞻仰和研究。

《江户川乱步全集》作为乱步作品之集大成者,先后出版了多个版本,加印数十次,总印数超过一亿册,迄今已有英、法、德、俄、中五大语种版本问世。衷心希望诸位读者能够通过这一版的中文译本,回望日本推理文学的滥觞,领略一代文学大家的风采。

是为序。

2021年元旦于上海虹桥东华美寓所

目　录

钟塔别墅

一天傍晚，三个少女手拉着手在空旷的广场上散步。一个是大侦探明智小五郎的少女助手，叫花崎真由美。另外两个都是初中一年级学生，一个叫淡谷澄子，一个叫森下敏子。

广场周围，有鸟语花香的树林，有蜿蜒曲折的小河。河水荡起涟漪，轻轻地拍打着河岸，岸边的青草，犹如绿色波浪，没有扶手的拱桥，是连接东西两岸的纽带。像这样的田园景色，只有在乡村才能欣赏到。

其实，这里仍然是在东京市内，与世田谷区近在咫尺。

跟着真由美小姐散步的澄子小姐和敏子小姐，是同校同班的同学。澄子小姐的家就在广场附近，她今天特地邀请真由美姐姐和敏子小姐到这里散步。

澄子小姐和敏子小姐的数学成绩在学校里数一数二，因此对于任何事物，她俩都喜好列出公式进行分析。

在书籍方面，她俩最喜欢的是侦探推理小说，每看完一本小说，她俩总要凑在一块列出公式分析和探讨。罪犯为了在犯罪后不暴露自己，总是精心策划各种圈套、陷阱和假象，声东击西，迷惑被害人，或转移警方和侦探的视线。要识破罪犯的伎俩，必须依靠高超的智慧，像这样进行分析，是她俩最喜欢的"家庭作业"。

澄子小姐和敏子小姐不仅数学功底扎实，而且体育成绩也是佼佼者，不仅在女生中间遥遥领先，在男生中间也名列前茅。因此，她们被誉为全校最活跃的女生。

她俩崇拜花崎真由美，希望自己有朝一日能当上少女侦探。

　　说来也巧，敏子的姐姐认识少女侦探真由美小姐，而且关系非同一般。在姐姐的介绍下，敏子小姐和澄子小姐特地上门拜访真由美姐姐，请求真由美姐姐收下她俩为侦探弟子。

　　"你们俩的勇气还真不小，刚读初一就想干侦探这一行。你俩的决定，大概还没有得到父母的同意吧？"

　　"没关系。我爸爸是明智大侦探的追星族，他如果知道少女侦探真由美姐姐收我做弟子，肯定会一口答应的。"

　　敏子小姐话音刚落，澄子小姐也说了起来。

　　"早先我家的宝石和黄金经常失窃，盗贼可能是家贼。当时，我们没有报警，而是委托明智大侦探破案。明智大侦探光临我家，一边调查取证，一边科学推理，罪犯终于浮出水面。

　　"你猜罪犯是谁？嗨，竟然是我的叔叔。他从小娇生惯养，爷爷一直偏袒他。家里的宝石和黄金每次被盗，爷爷总是说还算好，没有全部被盗走，咱们就自认倒霉吧！其实，爷爷心里最清楚盗贼是谁。

"等搜集到确凿的证据后，明智先生亲自与我叔叔谈心，希望他回心转意，改邪归正。在大量事实和证据面前，叔叔不仅老实交代了事情经过，还表示今后一定痛改前非。打那以后，我家的宝石和黄金再也没有失窃过。为此，全家人把明智大侦探当作心目中最崇拜的偶像。我爸爸是明智先生的追星族，一定会同意我的这项申请的。"

她俩似乎吃了秤砣铁了心，死活央求真由美姐姐答应她俩的请求。真由美姐姐还是下不了决心，向明智先生请示，在获得明智先生的批准后，真由美姐姐立刻通知她俩，他们的申请已获批准。从此，她俩正式成为真由美姐姐的侦探弟子。

不过，他在宣布这项决定时附加了几个条件。

"对于学生性质的侦探弟子，明智侦探事务所有特殊规定：一、上课时不准谈论和思考侦探方面的事情；二、学校布置的家庭作业，必须按时保质完成；三、凡危险案件和夜间侦查活动，学生不准参加。此外，还有其它一些规定，例如不能让爸爸妈妈担心等。"

自成为真由美姐姐的弟子以后，她俩迄今为止还没有遇上什么案件。可她俩认真学习侦探知识和调查取证的方法，时常上明智侦探事务所向真由美姐姐请教。例如摸排线索的方法，侦破疑难案件的方法，侦查活动中遇上危险时的防范措施等。

由于经常去明智侦探事务所，与明智先生和小林也熟悉起来。明智先生也主动为她们上课，讲解如何开发智慧和运用智慧的方法。亲耳聆听大侦探的教诲、与小林交朋友，是她俩多年梦寐以求的，今天都变成了现实，高兴得她俩经常在睡梦里笑醒。

今天，澄子小姐与真由美姐姐一起散步，足以证明师徒关系亲密无间。

"太阳已经下山了！该回家了！"

可澄子小姐似乎还没有尽兴。

"真由美姐姐，我还是希望与你再待一会儿。

对了，真由美姐姐，那树林前面有一座奇怪的别墅。咱们三个是不是去那里观察一下？瞧，站在这里也能看见，那别墅看上去像一座塔楼。你说呢？"

顺着澄子小姐手指的方向望去，果然有一座用砖修筑的钟塔别墅，高耸的圆帽子顶超过树林的高度，直插云霄。像这样的建筑，少女们曾经在西欧的画报里见过。

"是，太像欧洲的古城堡了。奇怪！像这样偏僻的地方，怎么会有这样的别墅？不可思议。"

真由美小姐也觉得无法想象。

"爸爸告诉过我，日本古时候有一个叫丸传的钟表商人，在当时的日本钟表行业里排名第一。大商人丸传先生在这里建造别墅，并在屋顶上建起这座钟塔，随后举家迁入这座钟塔别墅里生活。

"如今，这座钟塔别墅早已人去楼空无人居住。当地人称它是钟楼，也有人称它是妖楼。总之，大人们一提起它都会战战兢兢，并且不由自主地朝那里眺望，仿佛魔鬼突然降临在身边似的。

"可我觉得那里面不可能有人居住，更不可能有妖怪居住，根本就不存在大人们担心的那种情况。"

澄子小姐说到这里，爽朗地哈哈大笑起来。她爱好体育，说话声和笑声都异常响亮，有人说她是假小子。

她们一边兴奋地谈论，一边朝那里走去，不知不觉中，她们已经来到树林中间，再往前走，就是钟楼了。

别墅虽已陈旧，可墙面是红砖砌筑，比较显眼，但由于被树木遮挡，只能时隐时现地出现在大家的视线里。

穿过树林后，钟塔别墅清晰地展现在她们的眼前，确实像妖怪那样矗立在草地上，越仔细观察，越觉得不可思议。红色砖墙的别墅屋顶上，高高地矗立着圆顶以及四周都是尖角的钟塔。

"呵，这钟塔真雄伟，由于太高，显得不是很粗壮。钟面直径大约有五米，时针分针好像已经不走了，时针指向三，分针指向十二，应该是三点钟。照这么说，钟停的时候可能是下午三点，但也有可能是凌晨三点。"

一说到凌晨三点，真由美的脸色显得有点苍白，语气似乎有些紧张。因为最近的好多起案件，案发时间都是在凌晨。

　　钟塔别墅的红色砖墙表面，有的地方已经褪色，有的红砖已经脱落，到处是大大小小的洞孔。向着西边的砖墙上，由于很少有日光照晒，已经长满青苔。

　　从这座钟塔别墅的策划和设计风格来看，可以断定丸传的思维不同寻常，甚至可以说是一个怪人。砖块砌筑的圆塔，坐落在别墅斜面屋顶的屋檐上，别墅的整个屋顶有高有低，没有规则，相互重叠，就像欧洲的古城堡。

　　所有的窗户都显得非常小，可以断定钟塔下面的房间里，就是在大白天里光线也不会很充足。

　　虽说是一座空楼，可给人的感觉似乎有什么怪物住在里面。一想到可能有怪物突然从小窗口探出头来，她们便感到莫名的害怕。

　　"好了，该回家了！再不回去，天就要黑了。瞧！前面的天空出现了殷红色的晚霞，太美了！"

真由美小姐转过脸去，望着树林前面的天空。

西边的天空被染成血一样的颜色，反射在钟塔别墅正面的墙上。刹那间，整个墙体简直像醉汉红扑扑的脸，令人生畏。

就在这个时候，澄子小姐似乎发现了什么，突然惊叫起来。

"瞧！快瞧那上面！钟塔顶上好像有什么东西在晃动！"

钟面上的阿拉伯字母在晚霞的映照下，闪烁着淡红色的光芒。钟塔圆顶上的避雷针旁边，有东西在晃动。

"瞧！那上面有人，奇怪！那人为什么要爬到那么高的地方去？"

"瞧！还有漆黑的翅膀在挥舞，恐怕不是什么人吧？像一只大蝙蝠。"

澄子小姐和敏子小姐你一句我一句，喋喋不休地议论着，两眼直愣愣地盯着塔顶。

那可疑的东西抓住避雷针，站在钟塔的圆顶上。

那东西是大蝙蝠，不！是扮作蝙蝠的人。那家伙内穿黑色衬衫，外穿黑色披风，披风不停地飘荡。瞧！怪物一手抓住避雷针，一手舞弄披风，就像大蝙蝠在空中拍打着翅膀。

由于距离太远，根本看不清楚怪物的五官长得什么模样。但脸盘上的眼镜非常清楚，黑色，眼镜架子的两侧高高翘起，形如狐狸的眼睛。鼻子下面的一排黑色胡子，也像眼镜架子那样向两边翘起。蓬乱的黑发两侧，竖着两只尖尖的角……

长着一对角的蝙蝠男子！像这么可怕的蝙蝠怪人，莫非就住在这座陈旧的红砖别墅里？

少女们从来就不信世上有妖魔鬼怪，可今天目睹塔顶上有拍打翅膀的蝙蝠怪物，不由得心惊胆战起来。

"快回家吧！不要再盯着那种怪物了！快走吧！"

真由美小姐颤抖地催促着两个女弟子。不用说，她俩也希望早点离开这鬼地方。

"回去！"

"回去！"

三个少女赶快转过身来，手拉着手奔跑起来。

就在这个时候，天空中传来鸟叫声。

鸟叫声由远及近……不像是鸟啼，好像是鸟的笑声？不，好像是蝙蝠男子在笑，在嘲笑拼命逃窜的三个少女。

"我害怕！"

敏子小姐再也忍耐不住了，哭着喊道。

惊恐的少女们一个劲地奔跑着，仿佛猛兽正在背后追赶她们。

屋顶上的黑影

　　那天一回到家中，澄子小姐也好，敏子小姐也好，都顾不上吃晚饭了。一见到各自的爸爸就连忙诉说树林前面的钟塔顶上有一个蝙蝠怪人。可她们的爸爸说什么也不相信，觉得一定是女儿看花了眼，错把站在塔顶上修理避雷针的电工师傅当成了怪物，没有把女儿的发现当一回事。

　　真由美小姐回到事务所，也向明智先生汇报了这一情况。明智大侦探则认为，真由美小姐的视觉不会有错，遂将这一情况向中村警部通报。

　　次日早晨一上班，中村警部立刻通知当地警察去钟塔别墅调查。傍晚时分，当地警察报告说那里没有发现异常情况。

打那以后的一个月里，钟塔别墅太平无事，什么可疑情况也没有发生。

澄子小姐的爸爸淡谷庄二郎带着秘书驾车出门，去丸内那里的三菱银行保险柜取东西。那是用包袱布裹了好几层的小木箱，放在银行保险柜里已有多年。淡谷庄二郎取出包袱后，赶紧驾车回家，包袱里的小木箱里，装有贵重物品。

淡谷先生是东京一家大公司的总经理，腰缠万贯，喜好收藏名贵宝石。

迄今为止，他已经收藏价值几十亿日元的宝石。他觉得放在家里不安全，特地把其中一些昂贵的宝石放在小木箱里，而后将小木箱寄放在三菱银行的保险柜里。

今天，两位挚友和淡谷先生约定去他家欣赏名贵宝石，于是他亲自驾车上三菱银行去取保险柜里的宝石，由于担心途中遭歹徒抢劫，遂带上秘书担任保镖。

两个约好上他家欣赏宝石的挚友，也都是其他大企业的高层干部，还都是淡谷先生的重要客户。他俩情况可靠，用不着怀疑。

　　晚餐结束后，轮到欣赏宝石的时间了。

　　澄子小姐和妈妈一起也坐在餐桌旁边，等着观看爸爸收藏多年、价值连城、光彩夺目的宝石。

　　在这之前淡谷先生的家里却发生了一些奇怪的事情。傍晚，淡谷先生驾车带着小木箱到家后，澄子小姐也回家了，她是去附近书店购买侦探小说的。当她跨进院子大门朝玄关正门走的途中，猛然发现屋顶有一个可疑的影子。

　　虽天色暗了下来，可还不能算晚上，然而屋顶上的情况却是朦朦胧胧的，光线黯淡的屋顶上，站着一个黑色怪物。

　　澄子小姐不由得停住脚步，瞪大眼睛打算看个究竟，可怪物瞬间从屋顶上消失了，虽说只是刹那间，可澄子小姐看得一清二楚。

　　澄子小姐想起来了，那模样的黑影与曾出现在钟塔顶上的怪物相似，黑色披风不停地飞舞，宛如巨大的蝙蝠。

当黑影就要消失在屋脊背后的时候，蝙蝠翅膀形状的黑色披风清楚地进入澄子小姐的眼帘。怪物脑袋上，还有狐狸眼睛般的黑色眼镜和长在头发两侧的黑色对角，但五官模样，由于光线黯淡她没能看清楚。

澄子小姐拼命地跑回家里，将刚才她在屋顶上看到的情况告诉了爸爸和妈妈。

"澄子一定是看侦探推理小说着了魔！今后你不要再看那内容可怕、情节复杂的侦探小说了！不然的话，你会精神恍惚患上幻想症的。"

爸爸不仅把澄子的话当作耳旁风，还狠狠瞪了澄子一眼。

"最近这段时间澄子总是恍恍惚惚，歇斯底里、疯疯癫癫的，瞧你的脸色也是心神不宁的。刚才你爸爸说了，你今后别再看侦探推理小说了！"

妈妈重复着爸爸的说话内容，责备着澄子。

不一会儿，两位贵客登门拜访，于是全家人和客人来到餐厅一起用餐。

虽说澄子小姐也是同桌吃饭，可心里焦急得仿佛热锅上的蚂蚁。尽管餐桌上摆满了山珍海味，可她一点食欲也没有。

晚餐结束，客人被爸爸请到西欧风格的书房里欣赏宝石。澄子小姐担心客人中间混有坏人，寸步不离地坐在爸爸身边。她紧盯着宝石箱和包袱被打开的过程，并且高度警惕地观察着周围的动静。

带有皱纹的紫色包袱被放在桌子上，爸爸微笑着解开包袱，一个白色织锦缎的方形小木箱出现在大家眼前。

淡谷先生取出一串钥匙，从中挑选出一把钥匙插入宝石箱上的锁孔，"啪"的一声，锁开了。

宝石箱子里，还有一个金光四射、表层镀有金箔的箱子，箱盖上面还有一把锁。

淡谷先生伸出两只手捧出宝石箱子，小心翼翼地放在桌子上，再挑出一把钥匙将锁打开。

"啊呀，太漂亮了！"

这些名贵宝石，澄子已经不止一次见过，可每次欣赏的时候，都会情不自禁地为美丽的宝石喝彩。

宝石箱子里有一个黑色灯芯绒底座，那上面，静静地躺着二十四颗色彩各异的宝石。

有红宝石，有蓝宝石，有绿宝石，有翡翠，还有一些澄子根本叫不出名称的宝石。

"呵！太美了！"

客人也不约而同地喊道，赞不绝口，眼睛目不斜视地看着宝石。

淡谷先生取出宝石箱子里的宝石，逐一向客人介绍其收藏经历。

欣赏完二十四颗宝石，足足花了三十多分钟时间，这个过程中，澄子小姐尽管心花怒放，但一直在提心吊胆地用余光观察周围。

刚才那个出现在屋脊上的蝙蝠男子，到底去哪里了？恐怕他已经潜入别墅等待时机了。

澄子小姐不由得打量起整个房间，又将视线投向朝着院子的那个窗户。

"啊！"

澄子小姐大声叫道，随后站起身来，脸色苍白得连一点血色也没有。

"啊，澄子，你怎么了？身体不舒服吗？"

爸爸吓了一跳，双手将澄子紧紧地抱在怀里。

亲爱的读者，请你猜测澄子到底看见什么了？

电话预告

昆暗的院子里有一个黑影。

黑暗里出现全身黑色装束的家伙，很难分辨清楚，模模糊糊的。根据黑影的形状，无疑是那个曾经站在钟塔圆顶上的怪物，刚才傍晚时分站在澄子家屋脊上的，也是那个怪物。

怪物内穿黑色衣裤，外穿蝙蝠翅膀模样的黑色披风。他将黑色披风朝两边张开，不停地挥舞。鼻梁上架着狐狸眼睛形状的黑色眼镜，脸庞白乎乎的。

澄子小姐目睹这一情景，身体不停地左右摇晃，眼看就要倒在地上，爸爸伸出双手，一把抱住了澄子。

"到底怎么了？澄子，快打起精神！"

"那里……"

澄子小姐手指着窗外的黑暗里。

"什么可疑的情况也没有呀！你快说到底发现什么了？在哪里？"

爸爸隔着窗户玻璃紧盯着窗外的黑暗，可什么也没有发现。

蝙蝠男子也许已经隐藏在茂密的树林里。

"爸爸，就是那个傍晚时站在咱们家屋脊上的怪物，模样像大蝙蝠。刚才那怪物站在那棵大树前挥舞着黑色翅膀。"

澄子小姐胆怯地答道，声音轻得像蚊子的叫声。

"你在胡说什么呀？院子里根本就没有人！澄子，你又犯那疯疯癫癫的毛病了吧。这世上怎么会有蝙蝠怪人，别站在窗前了，快到我这儿来！"

爸爸说完伸出右手将澄子拉到桌子边上。

淡谷先生嘴上这么说，可心里也在嘀咕。澄子说的怪物说不定是盗贼，正在虎视眈眈地盯着自己的宝石。想到这里，他不免胆战心惊起来，他赶紧锁上宝石箱子，把它放入书房的保险柜里并快速上了密码锁。

保险柜的密码盘上，刻有ABCD……二十六个字母。密码程序可以随时编制，但开启时必须按照编制的密码开启，也就是说编制人只要不将密码和开启程序告诉他人，等于一夫当关万夫莫开。

淡谷先生这次编制的密码是"SUMIKO"，开启程序是按照密码的排列顺序。其实这是爱女澄子的拼音。

淡谷先生锁上保险柜，返回原来的座位。

接着，他与客人又交谈了一会儿。客人见天已经很黑了，便起身告辞。送走客人后，淡谷先生总觉得心脏直跳，仿佛七上八下的吊桶，便返回书房独自坐在椅子上，一边抽烟一边琢磨。

这个时候，安装在墙上的电话响起了铃声。

淡谷先生猛地站起身来，这时候怎么会有电话？他一边嘟哝着一边走过去，顺手摘下听筒放在耳朵上。

"请问，淡谷先生在家吗？"

"我就是淡谷庄二郎，请问您是哪一位？"

"我认识你女儿澄子小姐，如果你对她说是蝙蝠男子来的电话，她就都明白了。"

听到这里，淡谷先生脸色骤变，女儿澄子说有异常情况，果然没有说错。一想到这里，淡谷先生瞬间紧张起来。

"你……你是谁？你找我有什么事？"

"也没有什么重要的事，只不过想从你那里得到你最喜欢的东西，就是那二十四颗宝石。当然，你是不可能心甘情愿给我的，因此，我也就不需要事先经过你的批准了。

"何时上你家取宝石，就只能由我决定了。当然也不能让你天天提心吊胆，什么时候上你家取宝石，应该提前通知你。现在我就在电话里通知你，取宝石的时间就定在明天夜里十点。我说话算数，从不食言，希望你别抱侥幸心理！

"无论你怎么严加防范，都保不住二十四颗宝石，你如果将它送回三菱银行的保险柜，那更危险。因为我会在半路上恭候。好了，你就尽最大的努力加强保卫吧！总之，不管你怎么想方设法，宝石还是要归我的。因为任何防范措施都敌不过我的魔法。"

"我明白了，你是预告盗窃日的盗贼吧！可你到底是谁？你既然敢于预告盗窃日，你就应该鼓起勇气说出你的尊姓大名。不然的话，证明你没有胆量。"

"你是想知道我叫什么？"

"是的。"

"我的姓名早就公布于世了！你还是不知道为好。否则，你会吓破胆的。"

"你别吓唬我！快说姓名！"

"好吧，我说出来，你可别被吓得魂不附体！我叫怪盗四十面相。"

"哈哈哈……你最好用镜子照一下自己吧，紧张了？张不开嘴巴了？好了，我要挂电话了，我再重复一下时间，是明天夜里十点，再见！"

对方挂断了电话。

淡谷先生此刻的面部表情，真被四十面相说中了，神色慌张，上下嘴唇不停地抖动。他做梦也没有想到，打电话的家伙居然是四十面相。

怪盗四十面相，过去叫二十面相，按照他的盗窃习惯，通常是电话或者信函预告具体的登门盗窃时间。怪盗是采用魔法盗术，一般来说被害人防不胜防。敢于与怪盗较量的，只有大侦探明智小五郎及其弟子小林芳雄和少年侦探团。

淡谷先生的家里曾经多次失窃，明智大侦探接到委托后只用抽一支烟的工夫就侦破了，以此为契机，淡谷先生与明智大侦探相识成了好朋友，于是淡谷先生赶紧给明智侦探事务所打电话。

接电话的是小林。

"我是大侦探明智小五郎的助手，叫小林芳雄。明智先生正在神户侦查一起案件，五天以后才能返回东京。请问先生，您委托的是什么案件？能否允许我拜访贵府？"

听说明智先生去了神户，事务所里只留下一

个少年助手，淡谷先生不由得焦急起来，可少年助手小林芳雄的名字也是新闻人物，经常上报，据说是明智大侦探的得力助手，多次立功受奖。

要解眼下的燃眉之急，只有请小林出马了。

暗号礼仪

　　夜深了，小林少年驾车来到淡谷别墅，并立即与淡谷先生商量，最后一致商定，暂时不将宝石送到三菱银行的保险柜寄放，继续将宝石放在书房的保险柜里。书房周围，由淡谷先生、家人和小林少年组成宝石护卫队昼夜守护。接着，小林少年给中村警部打去电话，请警方派三个警察保卫淡谷别墅大院的前门、后门和别墅玄关。

　　第二天清早，小林少年和三个警察来到淡谷别墅。小林与淡谷先生直接守护保险柜，警察们分别把守大院前门、后门和别墅玄关。

听说怪盗四十面相要上门盗窃宝石，再看到荷枪实弹的三个警察，家人都格外紧张起来。不用说，澄子早就听说四十面相是怪盗，上课时澄子心不在焉，惦记着爸爸的宝石。

淡谷先生向公司请假，全力以赴地守护保险柜，但澄子是学生，必须去学校上课。哥哥淡谷一郎是职员，必须按时去公司上班。

淡谷一郎今年二十五岁，还是快乐的单身汉，大学毕业后被爸爸的公司录用为职员，每天一早去公司上班。

澄子下午三点半放学后从学校回到家里，也变成了大忙人。时而来到小林和爸爸守护的书房看看，时而来到正在厨房忙碌的妈妈身边坐一会儿，时而跑到警察们把守的地方转上几圈，随后又到玄关内侧的通道上盼望着哥哥快些回家。总之，澄子坐也不是站也不是，焦急得像一只无头苍蝇。

下午五点刚过一会儿，玄关正门传来推门声，哥哥一郎下班回家了。

澄子上前迎接已经进入玄关的哥哥，等哥哥脱鞋踏上走廊后，按照小时候就约定的礼仪向哥哥打招呼。

与平日里一样，澄子径直将右手食指竖着放在自己的鼻翼跟前，向哥哥连续眨了三次右眼。

像这样的敬礼所表达的意思，只有兄妹俩知道。但在别人看来，显示了兄妹俩亲密无间的感情。

平日里只要妹妹采用那样的礼仪打招呼，做哥哥的必然会以同样的手势和眨眼来还礼。哥哥的还礼动作和妹妹的敬礼动作，只是基本相同，多少还是有些区别。

例如，澄子竖着食指放在鼻翼跟前的时候，一郎则横着食指放在鼻翼跟前，随后连续眨三次眼睛。如果澄子小姐横着食指放在鼻翼跟前敬礼，哥哥则竖起食指放在鼻翼跟前还礼。

可今天也不知咋的，澄子连续向哥哥敬两次礼，哥哥丝毫没有反应，而且根本就没有还礼的意思。哥哥脱下皮鞋，右手提着皮包，一声不吭地朝二楼自己的卧室走去。

平时，哥哥的皮包都是由妹妹帮着拿到哥哥的卧室；而且是哥哥走在前面，妹妹走在后面。走进哥哥的卧室后，作为答谢报酬，哥哥应该立刻打开桌子的抽屉，取出巧克力奖励妹妹。

可今天哥哥不仅没有将皮包交给妹妹拿，而且进入房间后也没有打开抽屉拿巧克力给妹妹。更奇怪的是，当着澄子的面朝房间里东张西望，表情古怪。

也许哥哥听说四十面相上门盗窃宝石，可能心情不好忘了还礼方法。

"哥哥，你为什么不让我帮你拿皮包？还有，连规定的奖品也……"

澄子撒娇地噘起嘴巴嘟哝着。瞧！哥哥脸上的表情越发奇怪起来。

"什么规定的奖品……"

哥哥反问妹妹。他居然连抽屉里有巧克力也忘得一干二净。

"不就在右边第三排的抽屉里吗！今天我特别想吃哥哥的巧克力。"

澄子说完，哥哥似乎终于想起来似的。

"对不起，我忘记了。"

说完，他拉开抽屉取出巧克力给妹妹澄子。

"妹妹，这是给你的奖励。"

"谢谢哥哥。"

澄子答谢后离开哥哥的卧室。

澄子走下楼梯，在一楼走廊中央猛地停住脚步。

此刻，澄子的心情沉甸甸的，不明白哥哥今天到底怎么了？怎么与平时的哥哥判若两人？只有自己和哥哥两人知道的礼仪，多年来一直维系着兄妹俩的感情。

暗号般的礼仪，对于澄子来说，就是想忘也忘不了，可哥哥今天却忘到九霄云外。更不可思议的是，哥哥竟然连抽屉里放有巧克力也置于脑后。哥哥今天到底怎么了？就是再焦虑万分也不可能连这都忘了呀！澄子怎么也想不明白。

就在这个时候，楼梯那里传来脚步声，澄子竖起耳朵仔细辨别，察觉脚步声来自哥哥卧室的门口，脚步声越来越近。澄子急中生智，闪身躲在楼梯背后观察着，她发现哥哥走进了爸爸的书房。

哥哥今天的举止，怎么会变成这样？变得让自己无法理解，澄子左思右想，也找不出正确答案。

　　"他真是一郎哥哥吗？"

　　她望着哥哥朝书房走去的背影，开始怀疑起来。

　　澄子的脑海里，浮现出哥哥和蝙蝠男子时而分开时而重叠的影子。

　　"那……应该是不可能的！四十面相的化装术就是再高明，也不可能化装得和哥哥一样，可我也不能过于自信。或许他真是……"

　　澄子的脑瓜子里，刹那间出现如此反常的想法，又猛然间觉得脸上的血消失了，苍白得像一张白色的纸。

　　澄子开始在走廊里走来走去，脑海里不停地翻滚。眼下自己究竟该怎么办？她开始彷徨，显得六神无主，突然她挥了挥拳头。

　　"应该尽快通知爸爸和妈妈！可是爸爸和妈妈又会像上回那样责备自己歇斯底里地乱说一通，甚至把自己说的话根本不当一回事。怎么办……哦，有办法了！应该尽快报告小林。他一定会仔细分析我的猜测，说不定还会帮助我出主意。"

现在去书房请小林出来，有可能打草惊蛇，那个可怕的哥哥此刻正在书房里，如果哥哥真是四十面相化装的，她就有可能暴露自己的意图。

澄子在走廊里走来走去，脑瓜子里紧张地思考着。呵，机会来了！瞧，小林正从书房出来，可能是上厕所吧。

澄子站在走廊里悄悄地呼喊小林，等他走到跟前时她把嘴巴凑在小林耳边，把自己的感觉和猜测一股脑儿地说了。

小林听完后眉头紧锁，半晌没有吱声。

"你的判断也许是正确的，以前我也多次上当受骗。那家伙擅长魔法化装，无论化成谁的模样都会很像。

"好，我现在外出办事，马上会回来的。如果那家伙是四十面相，我们就将计就计、瓮中捉鳖。你在爸爸和妈妈面前最好什么也别说，装作什么也不知道的模样，明白了吗？"

小林少年再三叮嘱澄子后，离开了别墅。

焦急的等待

小林少年回来时已经是傍晚，正是吃晚饭的时候。

吃饭时，大家一个个轮流着去餐厅吃饭，书房里，一直是三个人中的两个人守护保险柜。

小林少年是最后一个去餐厅吃饭的，这时候已经是晚上七点多了。

书房里只剩下淡谷先生和长子淡谷一郎，父子俩谁也没有主动开口说话，默默地互相看着。寂静的书房里，只有暖炉架上的台钟在滴答滴答地发出令人厌烦的响声。

"一朗，我去一下厕所，你给我好好地看着保险柜！"

淡谷先生嘱咐儿子一郎后，站起来朝门口走去。

"放心吧，不会出事的。"

一郎回答得非常响亮。

唉！糊涂的淡谷先生，这节骨眼上怎么能让一郎独自一人留下呢？太冒险了！可淡谷先生不会怀疑儿子一郎，也丝毫不会觉得留下一郎在书房里是冒险，他推开房门朝厕所走去。

淡谷先生从去厕所到返回书房，只用去短短的五分钟时间。这段时间里，书房里究竟发生了什么，除了一郎，没有其他人知道。

淡谷先生回到书房时，看见一郎坐在原来的椅子上慢悠悠地抽着烟。

一会儿，小林少年吃完晚饭也回到了书房，从那时候到晚上十点之间，三个人谁都没有离开过书房。

短短的三个小时，仿佛漫长的三个月。

台钟敲响八点，继而敲响九点。随后，九点

半……九点四十分…九点五十分……

"距离十点只剩下十分钟了!"

一郎嘟哝着说,没有人搭腔。

虽互相不说话,可大家的心犹如七上八下的吊桶,不安地看着台钟上的时针,盼望着时针尽快指向十点。滴答滴答的响声,让书房弥漫着越来越恐怖的气氛。

"只有五分钟了!"

又是一郎独自在说话。

三个人面面相觑,还是没有人吱声。

这个时候,一郎敏捷地站起来,慢吞吞地走到窗前推开玻璃窗,望着黑乎乎的院子。

"院子里一个人影也没有,看来不会有谁光顾书房了。"

说完,一郎关上玻璃窗户返回原来的座位。

台钟的钟摆终于敲响最后一声,十点钟终于到了。

真假一郎

    四十面相预告的"十点",淡谷别墅里到底会发生什么?请读者别急着知道结果。我们先把时间稍稍往前推移,有个重要情况必须先向大家介绍。

    也是这一天,时间大约是傍晚前四点半的时候,在公司上班的淡谷一郎一直惦记着爸爸书房里的名贵宝石。这家公司的总经理是淡谷庄二郎,也就是淡谷一郎的爸爸,可自己是公司员工,必须按时上下班。

    由于心里老是担心爸爸心爱的宝石可能被四十面相盗走,他实在按捺不住自己焦急的心情,便向科长请假提前半小时下班回家。他在千岁鸟山车站下车走出检票口的时候，遇上一个身穿西装、年龄大约三十五岁的男子。

"你是淡谷一郎吗？我是警视厅派到你家担任保卫工作的警察，受你爸爸之托特地来车站接你回家。你爸爸非常担心今晚可能有情况，希望你在路上一分钟也不要耽搁，火速回家助你爸爸一臂之力。从车站走到家里需要二十分钟，你爸爸要我用车专程接你回家。"

警视厅的便衣警察驾车到车站迎接一郎回家，根本不合常理，可一郎丝毫没有怀疑，还信以为真，赶紧跟着那个家伙朝轿车走去。

来到轿车旁边，一郎发现后排座位上有一个身穿西装的男子。他微笑着打开车门说："请上车！"

跟在一郎身后上车的，是那个刚才去车站迎接他的男子。一郎坐在后排座位上，被左右两个素不相识的男子夹在中间。

一郎还没有坐稳，车已经迫不及待地出发了。

车刚驶出十几米，一郎左侧肋骨处被一个东西抵住了。

"别动！这是手枪，你如果叫喊，枪就会走火，希望你放老实一点！"

坐在副驾驶席上的男子转过脸来低声吼道。

狭窄的轿车里，一郎根本就无法动弹，只要稍稍晃动身体，子弹就会朝自己射来，眼下只有一动不动地坐着才是上策。

突然，一郎的眼睛被蒙住了，坐在右侧的男子掏出黑色手巾，蒙在一郎的眼睛上，在后脑勺那里打了一个死结。

接着，一郎的手和脚相继被绳索捆上，嘴里被塞入一条大手巾。

"你可能会感到呼吸困难，但也只能请你委屈一下，你要想活命，就放老实一点。"

坐在右侧的男子用威胁的口吻说。

由于眼睛被蒙住，无法知道车究竟朝着什么方向行驶，不用说，车不可能驶向一郎的家。那么，这些家伙究竟要把一郎带到哪里去呢？

坐在一郎两侧的男子刚才还是笑脸相迎，突然间变得吹胡子瞪眼的。他们到底是什么人？一郎左思右想，还是不得其解。哦！他们不是说爸爸担心今天晚上吗？对了，可能是四十面相的手下。

不一会儿，轿车经过一片寂静的空地，停靠在一座奇异的建筑跟前。一郎被蒙住的双眼，看不清楚究竟是什么建筑。其实，这座建筑就是淡谷澄子见过的钟塔别墅。那天傍晚，钟塔圆顶上站着一个奇怪的蝙蝠男子，右手抓着避雷针，左手摆弄蝙蝠翅膀形状的黑色风衣。

蝙蝠男子是四十面相，不用说，一郎被押解到四十面相的大本营了。走下轿车，走上石台阶，一郎被带入建筑物里。建筑物里充满了阴气、潮气，凉飕飕的。

沿着走廊一连转了好几个弯，一郎被带入房间里。

一会儿，蒙在一郎眼睛上的手巾被解开，一郎赶紧揉了揉眼睛，环视房间的布置。

这是一个欧式风格的房间，曾经被装饰得十分豪华，可现在，墙上的壁纸已经斑驳，变得非常陈旧。地上没有铺设地毯，光秃秃的木地板上积满了灰尘。不大的窗户外侧，装有锈迹斑斑的铁栅栏防盗窗。

正墙上有壁炉，炉膛里到处是蜘蛛网，壁炉上面的墙上镶嵌着一面大镜子。镜面上的许多地方的水银已经剥落，还有一个大裂缝。

"快把他身上的绳索解开，再脱下他身上的衣裤。"

站在正面的男子命令道。发出命令的男子，好像是歹徒们的首领。

随着手上和脚上的绳索被一一解开，一郎身上的衣服也跟着被扒了下来。随后，一郎的手和脚又被绑了起来。由于连脚也被绑了，他无法站着，只得躺在木地板上。

冒险营救

　　一郎躺在地上望着歹徒们，只见那个首领模样的家伙脱掉自己的衣裤，换上一郎的衣裤，随后，不知从哪里搬来化妆箱，打开箱盖并架在壁炉的台面上。那家伙对着那面破镜子，用画笔给自己化妆。他左手拿着好几支笔，右手握着的画笔不停地调颜料。他一边在脸上化装，一边对着镜子端详。

　　过了一会儿，那家伙猛地转过脸朝着一郎。

　　"一郎，怎么样？我这张脸。"

　　一郎吓了一跳，这张脸怎么与自己一模一样？

仿佛自己站在镜子前面。这家伙的化妆术简直太高明了！他手里的那些画笔，似乎瞬间都变成了神笔，房间里顿时出现了两个淡谷一郎。

"我是著名的化妆大师，你知道吗？也就是说我可以变成各种各样的人。我刚才的那张脸究竟是不是我原来的脸，连我自己也不清楚。由于经常改变自己的面目，我连自己真正的模样都不记得了。啊哈哈哈……你好像终于明白了？你最害怕的……不！连警方和明智小五郎都害怕的怪盗四十面相，就是现在的我！"

一郎听到这里，脑瓜子咯噔一下。接着，他不由自主地惊叫起来，由于嘴巴里被塞了一条手巾，叫声被堵在喉咙里。

这家伙果真是四十面相吗？他化装成我的模样，其目的无疑是冒充我混入书房伺机盗走宝石。

一郎终于明白了一切，可现在手脚已经不能动弹，就连叫喊都发不出声音，只能躺在地上干瞪着眼睛，与这对恐怖的眼睛对峙。

"只能暂时委屈你了！十点一过，我们就回来给你松绑。"

四十面相说完带着部下走出了房间，接着房门外侧响起锁门的声音。

那以后过了大约二十分钟，那个假淡谷一郎便出现在淡谷别墅里。可他压根儿没有想到，真淡谷一郎兄妹之间居然还有"秘密礼仪"，倘若事先向淡谷一郎请教，也许不会遭到澄子的怀疑。

那以后又过去大约四十分钟，躺在地上的一郎听见门外有脚步声。

一想到可能是四十面相盗走宝石后归来，一郎便睁大眼睛瞪着房门。一会儿传来门锁被打开的声音，门被推开了，随后有人走进了房间。

这时候已是黄昏，房间里昏昏沉沉的，一郎的眼睛已经习惯了房间里的昏暗光线，大致能看清周围的情况。

进入房间的好像是少年，手里好像握着手电筒，可能担心被人察觉，少年没有打开手电筒。

少年推开房门环视房间，似乎察觉到躺在地上的一郎，赶紧走到他的跟前，打开手电筒，照亮一郎的脸。

"你真是淡谷一郎吗？"

少年说话的声音，不像歹徒，一郎想回答，可嘴里塞有手巾，怎么也说不出话来。

少年也许察觉到了，急忙把手电筒放在地上，掏出一郎嘴里的手巾，顿时一郎感到呼吸轻松起来。

"我是淡谷一郎，你是谁？"

一郎缓了一口气，警惕地问道。

"你家里的宝石曾经屡屡被盗，为侦破该案，我与明智大侦探到过你家，你还记得吗？我就是他的少年助手小林芳雄。"

说完，少年从地上拿起手电筒照亮自己的脸庞。一郎想起来了，少年确实来过自己的家，当时明智大侦探确实带着少年助手小林来家里破案。

"啊！你就是当时的小林？"

"是的。"

"你是怎么进来的？你怎么知道我在这里？"

"哦，情况是这样的，刚才有一个叫淡谷一郎的人下班回家，聪明的澄子小姐发现他不是真的哥哥，便立即通知我。我琢磨了一下，觉得澄子小姐的判断是正确的。为什么呢？化装成被害人的家人进行盗窃，是四十面相的惯用伎俩。

"我开始沉思，真正的淡谷一郎此刻会在哪里呢？我突然想起有人对我说过某钟塔别墅十分可疑，塔顶上出现过一个蝙蝠男子，于是我决定潜入钟塔别墅试着找找看。

"为找到关押你的这个房间，我费了不少周折。钟塔别墅里有许多房间，我挨个寻找，所有的房间门都是虚掩的，唯独这个房间的门是上了锁的，我便取出随身携带的万能钥匙，打开门锁走了进来。"

小林简单扼要地向一郎解释着，刚才小林离开书房上厕所经过走廊的时候，澄子小姐将自己的判断告诉了他，于是小林对澄子小姐说有事外出，其实他离开淡谷别墅后来到了这座钟塔别墅。

两个人轻声交谈了一会儿。

"好了，你可要记住，千万别弄错了！一郎，我还有一个重要任务必须先去完成，完成后，我会立刻返回别墅的。"

"你放心吧！我一定按照刚才商定的去做，谢谢你救了我，不愧是著名的少年侦探，谢谢!"

一郎目送着小林离开房间后，穿上四十面相放在地上的衣裤。

原形毕露

淡谷先生的书房里，台钟的钟摆响了十下，十点钟到了，这是四十面相盗窃宝石的时间。

淡谷先生、假一郎（淡谷先生还没有察觉）和小林围坐在书房里的桌子旁，所有视线集中在墙边的保险箱。

"瞧，不是什么也没有发生吗！四十面相就是三头六臂，也破不了我们三个人的坚固防线。"

淡谷先生长长地吐了一口气。

"不会的，爸爸，那家伙向来说一不二，恐怕宝石已经被盗走了？"

假一郎的说话语气，似乎是完全站在四十面相的立场上。

"你说什么？那怎么可能！我们三个人不是一直在这里吗？"

"你是说三个人吗？"

假一郎嘲笑父亲。

"怎么是三个人？"

"可我觉得不是三个人，刚才小林去吃饭的时候，房间里不就剩下我和你两个人吗？这中间你还去了一次厕所。当时房间里不就只剩下我一个人吗？"

假一郎的这番语调，弄得淡谷先生哭笑不得。假一郎说这番话时，竟然用"你"称呼爸爸。迄今为止，儿子真一郎根本就没有也不敢这样称呼父亲。

"不错，我上厕所的时候，房间里就留下你一个人，怎么，你是说当时书房里发生过什么了？"

淡谷先生脸色骤变，反问道。

"嗯，好像发生过。"

"那你为什么不早说？究竟发生什么了？"

"你还是先别问，打开保险柜看一下就会明白的。"

假一郎的说话口气令人生厌。

淡谷先生听到这里，浑身上下猛地晃了一下，赶紧跑到保险柜跟前打开密码锁，把门拉开。

"啊！宝石不见了。"

淡谷先生大声惊叫，顿感腿酥脚软，浑身软绵绵的。

小林和假一郎见状，急忙站起来跑到保险柜跟前。房间里鸦雀无声，没有人说话。

"你为什么不早告诉我？你居然眼睁睁地看着四十面相盗走宝石，而且什么也不对我说。"

"对方当时用枪朝着我的脑袋，如果稍有反抗，我的脑袋就会开花，只能眼巴巴地看着他逃走。那家伙真是神通广大，连保险柜密码也知道。"

"那家伙是谁？"

"当然是四十面相！就是那个蝙蝠男子。"

假一郎一脸满不在乎的表情，若无其事地说。

站在一旁的小林可忍不住了，走到假一郎跟前。

"撒谎！你所说的没有一句真话，四十面相根本就没有逃走，就在书房里。"

说完，小林横眉冷对，怒视假一郎。

"哈哈哈……小林，你在说什么？四十面相怎么会在书房里呢？"

假一郎的笑声变得尴尬起来：

"那宝石又在哪里呢？"

"就在你那里。"

"你说的那里，指的是哪里？"

小林举起食指指着假一郎的脸。

"就是你！你就是四十面相！"

"哇哈哈哈……你在胡说什么？我是这家主人淡谷庄二郎的儿子，叫淡谷一郎，怎么可能是四十面相？我说你别血口喷人！"

就在这时候，书房门被推开了，真一郎朝书房里走来，躲在他身后的是澄子。

于是书房里出现了两个淡谷一郎，他们面对面地站在书房中央。真一郎身上穿的是四十面相的服装，假一郎身上穿的是淡谷一郎的服装。淡谷先生突然糊涂了，究竟谁是自己的真儿子。乍一看，假一郎倒像是真的，真一郎倒是假的。

淡谷先生呆若木鸡，望着眼前的瞬间变化无言以对，澄子走到爸爸身边抓住爸爸的手腕。

相互怒视僵持了一分多钟，假的毕竟是假的，即便服装是真的，假一郎也不可能替代真一郎，终于假一郎开始动摇，眼露凶光。

"最先发现假一郎的是她，聪明的澄子小姐。我根据她的判断，潜入钟塔别墅救出真一郎。其实这家伙就是四十面相！他扮作警察，将真一郎诱骗到钟塔别墅里关押起来。随后他穿上真一郎的服装冒充淡谷先生的儿子混入书房。"

听完小林的叙述，淡谷先生总算醒悟过来。

四十面相听完小林的演说，似乎也惊呆了，压根儿没有想到小林少年的侦查如此神速，不能在这里磨磨蹭蹭了，三十六计逃为上策。

"哇哈哈哈……好吧，再见！"

说完，四十面相一个箭步窜到窗前，敏捷地推开玻璃窗户纵身跳到伸手不见五指的院子里。

按理说，警察把守着院子的前后门，四十面相不可能逃之夭夭。

但，不知四十面相为什么要跳窗户从院子里出逃？

巨大的钟摆

见假一郎跳窗户逃到院子里，小林迅速地跑到窗前，从口袋里掏出侦探七道具之一的哨子连续吹了起来。哨声是用来通知把守前后门的警察捕捉四十面相的。

院子里宽敞，几乎没有光线，三个警察一听到哨声，赶紧跑到窗外问怎么回事。

"四十面相化装成淡谷一郎盗走了宝石，他是跳窗户逃到院子里的，就是这里，按理还没有逃出院子，请赶快搜索抓住他！"

小林大声说道。

"奇怪！这不太可能吧，我们是从三个方向集合到窗前的，如果他从这里逃走，应该会撞上我们其中的一个，可我们三个人谁都没有遇上形迹可疑的家伙，也许那家伙躲在这附近的树林里。"

警察们你一句我一句地说完，打开手电筒分头搜索。

警察们在茂密的树林里搜查片刻，没有发现假一郎的踪影。可恶的四十面相不知又使用了什么魔法，从警察们的眼皮子底下溜走了。

就在这个时候，一个警察不经意间抬起头朝天空望去。

"啊！在那里！他在那里！"

淡谷别墅二楼的屋脊上，有一个模样可怕的身影叉腿站着，黑影沐浴着朦胧的路灯灯光，犹如夜空漂浮的幽灵。瞧！黑影像蝙蝠那样在挥舞翅膀。

也不知是什么时候，假一郎变成了蝙蝠男子又爬上了淡谷别墅的屋脊。

四十面相分明是越窗跳到院子里的，怎么突然间爬到屋脊上去了？那么高的屋脊，假一郎是怎爬上去的呢？各位读者，四十面相事先把黑色绳索的一端拴在屋脊上，绳索则垂在书房窗外的左侧。

当跳出窗户的时候，他抓住垂在窗外左侧的黑色绳索，像猴子爬树那样顺着绳索爬上了屋脊。

"瞧！宝石箱在他手上！"

正方形紫色包袱，被四十面相小心翼翼地夹在右胳肢窝里。

黑暗的天空中响彻怪盗的奸笑声，仿佛嘲笑站在院子里仰望屋脊的警察们。

警察们一时想不出更好的办法，要抓住四十面相，只有架扶梯爬上屋顶，可四十面相的飞檐走壁技术远远超过警察，动作非常敏捷，一旦警察们爬到二楼屋脊，四十面相也许早就顺着外墙排水管下到院子里。

倘若形成这样的局面，可能竹篮子打水一场空，再说别墅背后的外墙那里也有排水管，四十面相也可以从那里下到院子里。警察只有三个，难以将罪犯绳之以法。

"你去打电话要求增援，光我们三个人无法抓住罪犯。"

于是一个警察欲拔腿去别墅里打电话。

这个时候，监视屋脊四十面相动静的警察大叫一声。

只见站在二楼屋脊上的蝙蝠男子，突然飞身跳向地面。

蝙蝠将翅膀模样的黑色披风呈一字形打开，朝警察的头上猛扑过来。

三个警察嗷嗷叫喊，不由自主地蜷缩在地上。

眼看就要扑在警察身上的蝙蝠男子，猛地朝与别墅的相反方向飞去。

啊啊，明白了，蝙蝠男子好像在院子上空荡起了秋千，双手紧紧地拽着一根黑色绳索。

院子的树林里耸立着一棵高大的柯树，那是淡谷别墅的象征。大柯树的树梢是两根粗壮的树枝，朝两个方向叉开，左边那根树枝，横着向左边延伸，伸向别墅围墙的外侧。在大柯树左边树枝与别墅屋脊之间，系着这根黑色绳索，犹如在大柯树和屋脊之间架起了索道。

在索道上滑行的四十面相犹如巨大的钟摆，一会摇向地面，一会又朝相反方向摆去。

与别墅相反的地方是淡谷别墅的围墙，三米多高的围墙外面是宽阔的道路。当巨大的钟摆快要晃到围墙顶端的一瞬间，蝙蝠男子突然双手松开绳索，跳向围墙外面的道路上。

蝙蝠男子在化装成假一郎之前，曾多次潜入淡谷别墅，时而出现在屋脊上，时而顺着外墙排水管爬到二楼书房的窗外朝里窥视。也就是说蝙蝠男子对淡谷别墅的情况了如指掌。

两次化装

　　蝙蝠男子跳到围墙外，稳稳地站立在外面的人行道上。这条道路的左侧是淡谷别墅的围墙，右侧是大片野草丛生的空旷地带，空地上稀稀拉拉的树木之间，是夹杂着满是荆棘的灌木丛。

　　蝙蝠男子钻入空地上的灌木丛里，瞬间消失了，几分钟后灌木丛里钻出一个老爷爷。

　　头戴肮脏的鸭舌帽，身披破烂不堪的大衣，脖子和脸的下半部被高高竖起的领子遮挡得严严实实。从走路姿势和脸的裸露部分来看，老爷爷的年龄在六十岁左右，拴有细绳的手电筒从脖子上垂在胸前，拴有木梆子的细绳也垂在胸前，那模样犹如当地町会组织派出巡夜的老爷爷。

不用说这家伙是四十面相化装的，那灌木丛里藏有四十面相的化装道具。四十面相擅长化装，仅抽一支烟的工夫就已经完成从蝙蝠男子到巡夜老人的化装过程。

三个警察跑到淡谷别墅围墙外的道路上，对周围展开搜索。

化装成巡夜老人的四十面相走出那片空地，迎着警察走去。

"各位居民，睡觉前别忘了关紧窗和门，别忘了关闭煤气阀门……"

当，当，当……老人一边敲着梆子，一边步履蹒跚地走着。

"喂，老爷爷，你是否看见一个从围墙上跳下来的男子？那家伙身上穿着一件黑色披风。"

一个警察上前问道。

"什么，穿一件黑色披风？"

老爷爷站住脚吃惊地反问道。老爷爷的声音很轻，伴随着嘶哑。

"嗯，就是那个叫四十面相的怪盗，他刚才从大柯树上跳到围墙外面，内穿黑色紧身连衣裤，外穿黑色披风，形状酷似蝙蝠，你真没有看见？"

"啊，原来是那模样的家伙，刚才被我撞上了。对，那家伙披着黑色披风从我身边跑过去，是朝那个方向跑的。"

巡夜老人转过身手指着很远的地方，从容不迫地答道。

"是那个方向吗？那好，我们去追。"

警察朝着巡夜老人指的方向追去，不一会儿消失在黑夜里。

目送着警察远去的巡夜老人，突然笑了。四十面相敏捷而高超的化装技术，掩护他巧妙地骗过了警察。

巡夜老人笑罢，觉得现在还不是放心的时候，一旦警察们迅速返回，可能会给自己带来麻烦。

巡夜老人环视一下周围，又钻入那片空地消失在刚才的灌木丛里。

灌木丛里藏有化装道具，有化妆箱，有黑色披风，有装有对角的假发套，还有其它化装道具以及偷盗来的宝石箱。

四十面相迅速脱去巡夜老人的化装道具，穿上另一套服装，接着从灌木丛里取出化妆箱，将化妆颜料涂在脸上。

这一次走出灌木丛的，是内穿高级西装、外披高级皮毛大衣和头戴高级礼帽的绅士，鼻梁上架着市面上最流行的眼镜，嘴上长有绅士胡。

绅士把紫色方形包袱夹在胳肢窝里，朝着与警察相反的方向大步走着，一来到闹市大街上，他就喊了一辆出租车溜之大吉了。

少女侦探

十分钟以后，警察垂头丧气地返回淡谷别墅，由于没有抓着四十面相，他们打算回到别墅用电话向上峰报告，要求东京所辖各派出所、各警务站及巡逻警车设卡盘问，追捕蝙蝠男子。

三个警察跨入大门正要朝玄关正门走的时候，发现院子里的树林里有黑影。

"那是什么？一定是那个可疑家伙！嘿，竟然又潜入别墅，过去看看！"

三个警察大步朝那里走去。

"喂！站住！你是谁？"

警察一靠近黑影就大声呵斥着，黑影闻声急忙停住脚步，一个警察猛扑上去一把抱住黑影子。黑影不反抗也不动弹，柔软的身体好像是女的。

　　"你大概是四十面相的部下吧？这么晚了，你在这里干什么？"

　　一个警察上前盘问，将手电筒灯光照向黑影。

　　这是一张稚气尚未完全脱去的脸庞，头戴西瓜皮帽，身穿肥大的灰色西服套装，双手把一个用围巾包裹着的包袱抱在胸前。

　　警察一看见那样形状的包袱，吃惊地叫了起来，那形状与被盗走的装有宝石箱的包袱相同。

　　警察更加怀疑起来。

　　四十面相声东击西，佯装逃出别墅，其实还隐藏在别墅院子的树林里。四十面相化装技术高超，将自己化装成男不男女不女的少年，企图蒙混过关。总之，先打开包袱检查一下再说。

　　一个警察冷不防地夺过包袱迅速打开。

　　"瞧！果然不出所料。"

　　那是一个金光闪闪、镀有金箔的宝石箱。由于上了锁，无法检查箱子里的情况，但可以肯定里面装的肯定是宝石。

"你就是四十面相吧？还是……"

警察的态度蛮横起来，少年突然抬起脸朝警察微笑。虽脸上又脏又黑，可掩饰不了女人的特征和表情。四十面相的化装术居然还能将女人化装成男人。

"我不是四十面相。"

少年回答，却是少女甜甜的声音。

"你既不是四十面相又不是他的部下，那为什么拿着宝石箱？你模仿少女的声音企图蒙混过关，哼！这是做梦！"

警察厉声说道。少年这一回不再微笑，而是放声大笑。

"哈哈哈……我不是男的，是女的，我是和小林商定后化装成少年的，一直埋伏在院子的树林里。我是明智大侦探的少女助手，叫花崎真由美。"

"什么？你说什么？"

警察们感到茫然。

"小林大概还在书房里吧？你们把他叫来问一下就明白了，我和他都是明智大侦探的助手。"

她看上去不像是撒谎，于是一个警察朝屋子里跑去，片刻后，小林跟着警察出来了。小林身后，跟着淡谷先生、一郎、澄子小姐和淡谷夫人。

已经快到十一点了，可澄子小姐怎么也睡不着，一直待在爸爸身边。爸爸走到哪里，她就跟到哪里，一听说真由美小姐在院子里，赶紧跟在爸爸身后来到院子里。

"她确实是真由美小姐，她和我都是明智大侦探的助手，叫花崎真由美。"

小林斩钉截铁，语气肯定。

"你能肯定吗？小林，她手里为什么拿着宝石箱……"

警察们还是半信半疑，于是真由美小姐一五一十地说了起来。

"两小时前，我在事务所里接到小林打来的电话，让我潜伏在淡谷别墅院子的树林里，监视书房

窗外的动静，接受这个任务，我没有告诉保卫淡谷
别墅的警察。

"小林离开书房，随后淡谷先生也离开书房，
房间里只剩下一郎，突然一郎迅速打开保险柜，取
出方形紫色包袱，一郎当时的表情鬼鬼祟祟的。我
想起小林在电话里对我说过，书房里的一郎是四十
面相化装的，一定要格外注意他的举动。

"后来，假一郎推开玻璃窗户，抱着紫色包
袱跳到院子里，为防止暴露，我急忙隐藏在大树
后面。

"假一郎大步来到窗子附近，接着来到那棵枝
叶茂密的大树后面，将包袱藏在那里。随后他又越
窗返回书房，装着若无其事的表情坐在原来的椅子
上，这时候淡谷先生从外面回到书房。

"当时，我急中生智，想出了一个鱼目混珠的
好办法，我曾经听朋友说，装宝石的箱子是两重的，
即分外箱和内箱。一般来说，外箱是木制的，包布
是织锦缎；内箱虽也是木制，但表面镀有金箔。

"如果我只取出内箱留下外箱，在外箱里装一

些重量相等的小石块，然后恢复原来的形状放在原地，完全可以骗过对手。倘若四十面相逃走，肯定是急匆匆地离开，不可能开箱检查，也不可能察觉到内箱已经不翼而飞。于是我偷梁换柱，顺利地实施了调包计。

"后来院子里喧闹起来，四十面相越窗跳到院子里，把藏在树林里的紫色包袱系在腰间，双手抓住事先悬挂在窗外的黑色绳索朝屋顶攀登。

"我来不及阻止他，急忙去寻找把守院子的警察，可警察不知从哪条小路赶到了窗前，而我却在院子门口徒劳等待。也正在那个时候，警察们发现了爬到屋顶上的四十面相。

"那后来，四十面相犹如滑索道似的跳到围墙外的人行道上，警察立即跑出院子朝路上追去。警察的追赶速度很快，我就是拼命跑也追不上他们。我决定在这里等候，不管能否抓住四十面相，警察总要回来的。四十面相就是逃之夭夭也无妨，只要他不再回来就行。只要把四十面相赶得远远的，警察就应该算作立功了。

"现在请淡谷先生打开内箱检查！"

说完，真由美小姐从警察手里接过内箱，郑重地交给淡谷先生。

淡谷先生从口袋里取出钥匙，当场打开箱盖检查。灯芯绒底座上，二十四颗璀璨的宝石安然无恙，一颗也没有少。

"谢谢真由美小姐，我一定会重重感谢你的。"

淡谷先生伸出右手，紧紧地握住化装成黑脸男子的真由美小姐的手。

"真由美姐姐，谢谢你。"

站在一旁的澄子投入真由美小姐的怀里，感激地说。

塔顶上的怪物

一个月过去了。

一天，一对可爱的少女坐在淡谷别墅附近的荒草地上聊天。

下午四点，蔚蓝的天空没有一丝云彩，水蒸气不停地跃出草丛，冉冉升向浩瀚的天空。

两个少女的正前方，是稀稀拉拉的杂树林。树林前面矗立着形状奇异的别墅，屋顶上矗立着高耸入云的钟塔。曾记否，钟塔上的避雷针旁边出现过魔鬼般的蝙蝠男子。

欧洲古城堡风格的钟塔别墅，据说曾经居住

过钟表巨商。这座形状古怪的钟塔别墅是他生前建造的。

淡谷一郎被四十面相关押过的那个房间，也在这座钟塔别墅里。

两个少女一边聊天，一边眺望那座别墅顶上的钟塔。其中一个少女是初一学生，叫淡谷澄子。如今她是明智大侦探的少女助手真由美小姐的女弟子，一个光荣的少女侦探。

另一个少女也是初一学生，叫园田良子。

良子的爸爸园田先生是富豪，拥有一座奇形怪状的别墅，其实就是那座欧洲古城堡风格的钟塔别墅，当时他参观那座别墅后一见钟情，立刻掏出巨款买下，接着全家人搬离原来的住址迁入这座别墅里。

钟塔别墅上损坏的墙面，园田先生请了某装饰公司按原来的风格进行修整，包括所有的房间。他们按照每个房间的使用功能，购置了家具。钟塔上的大钟机械，也请某钟表公司进行修理，指针和分针已经能正常运转。

园田一家乔迁到这里居住，已经一个多星期了。

园田先生有三个子女，良子是中间一个，上面是正在念高中的哥哥，下面是念小学的弟弟。他们搬家后都不得不转学，良子转学到淡谷澄子的中学，并且还是同一个班级。由于性格和爱好基本相同，两个少女很快成了一对形影不离的好朋友。

今天，澄子小姐应邀到良子家做客，回家途中，她俩顺便来到草地上坐着聊天。

一会儿，澄子说起了四十面相。迄今为止，澄子与良子在一起时还从来没有提起过四十面相，澄子心有余悸，担心提起四十面相可能吓着良子，所以一直是闭口不谈。今天也许是做客钟塔别墅，加之望着钟塔别墅聊天，以致澄子小姐触景生情，把四十面相曾经上他家盗窃宝石的过程，如竹筒倒豆子一样全告诉了良子。

但是，良子并不在意。

"你说的那个故事，我早就听爸爸说过。爸爸当初购买钟塔别墅的时候，朋友们都劝他别买，说这座钟楼里有妖魔鬼怪。说什么四十面相曾经把这里当犯罪窝点，还关押过受害人。可爸爸不以为意，说要真是那样就更有意思了，一生中有居住在妖怪别墅里的经历太有趣了，爸爸就执意买下了。

"买下这座钟塔别墅后，爸爸请专业公司将别墅以及那口大钟进行了彻底修复。别墅里不可能再出现可疑的家伙，妈妈、哥哥、弟弟和我都没有恐怖的感觉。相反，寂寞的时候还希望妖魔鬼怪快快出现。否则，太没劲了。"

听到这里，澄子开始佩服良子的胆识，尽管良子是女孩子，可她将来一定比男孩子强。像这样的假小子，当少女侦探还真合适。

"良子，我已经是明智大侦探的弟子，少女侦探。"

澄子自我介绍后，又说起另一位女同学也当上真由美小姐的弟子，与自己一样也是少女侦探。她继续介绍说，她俩从明智大侦探那里学到许多侦探知识，并且还结识了少年侦探小林。

"啊，我太羡慕你了！我早就是明智大侦探的追星族了呀！澄子，我也想成为真由美小姐的弟子，你看行吗？"

"嗯，我替你说说，只要真由美小姐接受就行，你真想当少女侦探？"

"嗯，当然想！一想到哪一天还能见上明智先生和小林，我的心就怦怦直跳。"

两个少女似乎忘记了这里是荒草地，没完没了地聊着天，说话间钟塔上出现了奇怪的景象，可她俩丝毫没有察觉，仍热衷于海阔天空地聊天。

她俩后来注意到钟塔上的变化，第一个注意到的是少女侦探澄子。钟塔圆顶的避雷针上，好像缠着一个红色的东西，于是她俩目不转睛地注视着，琢磨着。

"啊，良子，你瞧！那是什么呀？真可怕！"

"你说的是塔顶上吗？噢，那好像是杂技师。可是……我家里怎么会有那种人呢？"

良子吃惊地望着塔顶。

那模样确实是杂技师，大红颜色的尖顶帽，涂满白粉的圆脸蛋，红底白点的杂技服显得又肥又大，杂技师站在塔顶上，右手攥着避雷针。

钟塔高耸入云，难以辨别塔顶上杂技师脸上的表情，那模模糊糊的神情似乎在朝她俩笑。

"奇怪！我家里可没有那样的杂技师，他是从哪里来的？是怎么爬上塔顶的？"

良子胆怯起来，一把握住澄子的手。

一会儿，杂技师的动作变得越来越离谱了，他的整个身体攀上避雷针，用腹部俯卧在避雷针尖上支撑着整个身体，而后将双手向两边张开，双脚并在一起，远远望去，那形状仿佛如静止的风车叶片。

接着，杂技师的两条腿向两边叉开，整个身体以避雷针尖为圆心旋转起来。那造型宛如旋转的风车，又如竹尖上顶着一只大乌龟。

"啊，再转下去，避雷针尖肯定会刺破杂技师的腹部，穿透到背部。"

"不会的，杂技师的腹部上肯定系有一条很宽的铁带，铁带上有一个与避雷针尖差不多大小的凹陷处，绝对不会刺破腹部。也记不得是哪一天，我曾经看过这样的杂技表演。"

身穿红色服装的杂技师呈大字形旋转，渐渐地越转越快，犹如风车在迎风旋转。

　　啊啊，飞快地旋转，几乎已经看不清楚杂技师的身影，只是红色飘带模样的东西在塔顶上飞舞。

　　"我害怕！这也许是灾难来临的预兆？我得回家通知爸爸这一情况。"

　　"对，快通知你爸爸，我送你回家。"

　　两个少女站起来手牵着手相互壮胆，朝树林里跑去，去那座钟塔别墅，必须穿过这片树林。

　　两个少女上气不接下气地跑到别墅跟前，抬起头来仰望塔顶。咦，也不知道是什么时候，杂技师无影无踪了。

　　"啊，已经没有了！杂技师会到哪里去了呢？"

　　"莫非到你家去了？最好快去通知你爸爸，如果需要我出力，请打电话给我。我的爸爸和哥哥都在家，可以去你家帮忙。我该回家了，再见！"

　　澄子说完，转身沿着刚才来的路朝家里跑去。

地下牢房

嗒嗒嗒……澄子小姐开始小跑步，往家里赶。

过去，她亲眼见过蝙蝠男子站在塔顶的避雷针旁，今天看见的却是红色装束的杂技师用腹部顶着钟塔避雷针尖旋转。这无疑是灾难降临前的预兆。

一想到这里，澄子的心里滋生了怜悯之情，良子迁来这里刚一个星期，却遇上这种不祥之兆。这几天里，良子的家恐怕要大难临头了。

"那钟塔别墅，果然是妖怪住宅，即便脱胎换骨般的装修，也是赶不走妖怪的。唉，真可怕！"

澄子少女一边思考，一边快步地走着。

突然，前面的一棵大树背后闪出一个全身红色打扮的怪物。

澄子猛地停下脚步。

是那个家伙！是那个家伙！就是那个俯卧在避雷针尖上像风车般旋转的杂技师！怎么瞬间到了树林里，而且还在自己的前头。

澄子拔腿想溜，可已经来不及了，火红色打扮的杂技师快步走到澄子跟前。

"嘿嘿嘿……你是叫淡谷澄子吧！我是魔术团的杂技师，别说杂技和魔术，就连驯兽我也精通。随便什么猛兽，一到我手里就变得乖顺。嘿嘿嘿……请你观看我们魔术团的表演好吗？不远，就在这附近！我送一个特等席位给你，怎么样？跟我一起去吧！现在离吃晚饭的时间还早着呢！看完魔术表演，我送你回家。"

这家伙的脸上涂满白色化妆粉，两边的脸颊中间各画有一个红彤彤的大圆，眼睫毛足有半寸长，酷似木偶的眼睛，嘴唇上也涂满了口红，当杂技师张开涂满口红的嘴巴嬉笑的时候，令人生厌。

"我有事，得马上回家。"

澄子小姐强忍着心里的害怕，口气非常生硬。

"你那样的说话语气太失礼了！还是快跟着我走吧！我们魔术团可是全日本闻名的！有大象，有海豹，有猴子，它们都精通杂技表演。空中魔术表演是最刺激的，走吧，别磨磨蹭蹭的，轿车就停在那里，坐车一会儿就到。"

红嘴唇与白粉相间的脸，凑近澄子小姐的脸。一股夹杂着烟味的口气，从杂技师的嘴里径直钻入澄子小姐的鼻孔。

那对长睫毛的大眼睛闪闪发光，简直像正在实施催眠术那般紧盯着澄子小姐的眼睛。

澄子小姐仿佛变成被猫逮住的老鼠，全身绷紧得不能动弹。

树林前面的那片荒草地上连一个人影也没有。荒草地前面，是那座孤零零的钟塔别墅。别墅周围也见不到一个人，眼下就是叫破嗓子也不会有人救助自己。

尽管自己所处的位置，与良子小姐居住的别墅相隔仅一百来米。可别墅的窗口小得像碉堡的枪眼，就是狂喊，声音也不可能传入别墅。

　　"救命！救命……"

　　可澄子小姐决定孤注一掷，突然声嘶力竭地大喊起来。

　　刚喊了两声，她的嘴巴便被杂技师戴着手套的手给捂住了。

　　"别叫喊了！再喊出声，可要让你尝尝什么是疼痛的滋味了。走吧！还是乖乖地跟我走吧！我让你看精彩的魔术表演。"

　　说完，杂技师抱起澄子疯狂地奔跑。

　　穿过草地，前面那条偏僻的小路上停着一辆轿车。

　　杂技师把澄子强行推入轿车的后排座位，自己跟着坐到车上，关上车门。

　　"一切顺利，快开车！"

　　杂技师朝司机吼道。司机和杂技师是一伙的。

　　"接下来是在大街上行驶，只能请小姐忍耐一下！不过，也要不了多长时间。对不起，小姐。"

杂技师说完，把大手帕捏成一团塞入澄子的嘴里，再用手巾蒙在澄子的嘴巴上。

杂技师又不知从哪里取出一条黑色手巾，蒙在澄子小姐的眼睛上。

"你的手也必须失去自由！否则，摘下蒙在眼睛上的手巾可就麻烦了，还是委屈你一下，绑上你的手。"

他说着，用绳索将澄子的双手反绑在背后。

眼睛被蒙住了，什么也看不见。车飞速地奔驰着，时而左转，时而右转。澄子已经无法判断轿车在哪条街上行驶。

大约三十分钟过后，车终于停了。

"喂，到了！现在是去别墅，眼睛被蒙着难以走路，这样吧，我抱着你进去！"

杂技师说完就抱着澄子小姐下车，又抱着她朝某座别墅里走去。

接着传来开门和关门的声音，然后是下楼梯的感觉，看来是去地下室。下完楼梯，好像走了好一会儿狭窄的走道，接着又是关门的声音，不过这扇门比刚才那扇门好像要结实得多，不像是欧洲古城堡那样单薄的房门，好像是日本风格的房门。

突然，凉飕飕并且夹杂着霉变的气味扑向澄子的鼻孔。

果然是地下室。

"到了，就是这里，虽说这是一种必须在昏暗处表演的魔术，但可以欣赏梦幻般的空中杂技表演。"

杂技师一边说，一边解开蒙在澄子眼睛上的手巾。

澄子揉了揉眼睛环视整个房间，四周是混凝土墙，天花板很低，房间非常狭窄。前面的墙角边上有长沙发，上面铺着毛毯，没有灯，只有一支蜡烛被插在地板上，摇晃着红色的火苗。

红色烛光由下往上照亮了杂技师的脸，脸上的阴影部分与通常的阴影相反，给人毛骨悚然的感觉。

长长的眉毛阴影，被映照在眼皮上，从嘴巴到下巴之间的区域，像雪一样白，除鼻尖和脸颊以外，从嘴巴往上的部分变成了阴影区域。大面积的阴影区域里，唯独那对大眼睛神采奕奕。杂技师此刻的脸，比妖怪还要可怕。

杂技师蠕动着两片又黑又厚的嘴唇。

"你得在这里待上一会儿，但不会让你吃苦的，我有一个好主意，先把你藏在这里。

"这里没有床，但有长沙发，你可以躺在上面休息。瞧，还有毛毯，厕所就在那布帘里面，还准备了许多矿泉水，蜡烛盒子和火柴在沙发边上。

"别担心挨饿，一日三餐会按时给你送来，你躺在沙发上看一会儿梦幻般的魔术后就睡觉吧！"

杂技师装作非常亲热的模样，啰唆地说了一大堆后，微笑着离开房间。

黑暗里传来关门声，而后传来的是上锁声，接着周围万籁俱寂，没有一丝声音，澄子感觉自己仿佛被关押在墓地里。

眼下就是再寂寞，澄子也觉得比杂技师在这里强。

"杂技师为什么把我关在这种地方？"

澄子苦思冥想，不得其解。

澄子一屁股坐在长沙发上，沙发柔软，弹性很足，澄子把手肘支撑在膝盖上，手掌托着脸陷入苦苦的思索之中。

这个时候，房间角落的地面上好像有什么东西在移动。

"那是什么？"

澄子吓了一跳，全神贯注地盯着声音传出的角落，澄子看清楚了，是一只老鼠。

尽管房间里有人，可老鼠满不在乎地朝着澄子走来，它身后还跟着好几只老鼠，都是来自墙角边上的小洞里。瞧！一共是四只老鼠。

澄子不由得把双脚挪到沙发上，惊讶得大声尖叫。

轻微的喊声

现在该说说良子了。

她回到别墅后不知怎么了，竟担心起澄子来，她急匆匆地来到紧挨着大钟的那个房间，站在小窗前望着草地并搜寻着澄子的身影。

草地跟前是稀稀拉拉的杂树林，澄子正在小跑步，由于隔着差不多一百米的距离，澄子的身影仿佛变成玩具商店柜台里的木偶般大小。

良子眼睛凑在窗前，目不转睛地眺望澄子不断远去的身影。突然，树林里闪出一大团火红的东西，朝澄子快速靠近。

"啊，不就是刚才出现在塔顶上的那个杂技师吗？怎么回事？杂技师打算把澄子带到哪里？"

良子多么想救助澄子，可一百米的路再怎么奔跑也瞬间到不了那里。何况自己现在所处的位置，是钟塔别墅里最高的一个房间，就是下到一楼，起码也需要五六分钟时间。

"糟糕！杂技师把澄子紧紧地抱在怀里奔跑，怎么办？怎么办？草地上连一个人影也没有，不可能有人救助澄子。"

良子急得直跺脚，不知如何是好，自己距离澄子又那么远，只能干瞪着眼睛。

良子的视线一步不离地跟着杂技师的背影，一直跟到荒草地前面，原来那里停有一辆轿车，怀抱澄子的杂技师大步流星地朝那里靠近。

紧接着，澄子被强行抱上轿车，车门关上了，车迅速奔驰，不知驶向哪里。

直到轿车消失，良子赶紧从钟塔跑到一楼装有电话的房间，立刻给淡谷别墅打电话。

"喂，喂，我是园田良子，是澄子的同班同学。

刚才，澄子遇到麻烦了！快让她妈妈或者哥哥接电话，我有话要对他们说。"

于是澄子的妈妈接了电话。

"是阿姨吗？我是园田良子，澄子遇上麻烦了！刚才，澄子在回家的路上被杂技师强行带上轿车，不知被带到哪里去了。轿车是从荒草地朝南面开的，速度很快。由于距离太远，我没能看清楚车尾的牌照号码。"

澄子的妈妈听说后着急起来，在电话里追根刨底地问了许多。良子把刚才发生的情况，一五一十地说了一遍。

淡谷别墅里犹如鼎沸的开水乱作一团，凑巧澄子的爸爸和哥哥都已经下班回到家里，立刻报警，还给明智侦探事务所打了电话，委托寻找澄子的下落。

片刻后，东京城里的所有路口设了关卡，警察盘查来往的轿车上是否载有杂技师和澄子，一直盘查到次日早晨，什么线索都没有获得。

那天夜里，园田良子躺在自己的卧室床上睡

觉。可心里一直惦记着澄子的下落，翻来覆去怎么也睡不着，刚一闭上眼睛便做起了噩梦。啪！眼睛又睁开了。

一看台钟，已经是深夜十二点多了。

"啊！好像有人的声音？"

良子小姐竖起耳朵。

声音好像来自非常遥远的地方，很轻很轻。

"我怕！救命……快，快来人……"

声音轻得犹如蚊子的叫声，虽说听不清楚喊声的整个意思，但确实是少女求助的声音。

良子从床上跳起来，打开窗户辨别声音传来的方向。可窗外什么声音也没有，只有黑得看不见人影的天空。

奇怪，什么声音也没有，也就是窗户被打开的一刹那，喊声消失了。

良子觉得可疑，但什么也没有发现，关上窗户返回床上刚一躺下，又不知从哪里传来轻微的喊声。

"那……既然不是来自室外，那可能是来自

室内。"

良子竖起耳朵，喊声仿佛来自地下，良子随即趴在地上，把耳朵贴在地毯上辨别。

"救命……救命……"

喊声比刚才听到的清楚。

"声音莫非来自地下室？"

一想到这里，良子冲出卧室使劲敲隔壁哥哥的房门。

良子敲了又敲，什么反应也没有，哥哥大概睡着了，良子转动门上的把手，门是虚掩的，推一下就开了。

良子走到床边叫醒正在熟睡的哥哥。

"哥哥，有情况，快起床！不知从哪里传来女孩子喊救命的声音，可能是地下室。"

哥哥园田丈吉是高一年级学生，兴趣与妹妹相同，非常爱好侦探推理。

他一边揉眼睛一边听妹妹说，随即翻身起床从抽屉里取出了手电筒。

"走！去地下室看看。良子，你也跟着我一

块去。"

说完，他们大步来到卧室外的走廊上。

"还是哥哥勇敢！"

澄子一边想，一边跟着哥哥朝地下室走去。

地下室入口在厨房里，兄妹俩掀开盖板，沿混凝土楼梯朝地下室走去。

地下室里有两个连在一起的房间，每个房间的面积大约十平方米，现在被园田家当作仓库，仓库里堆满缺胳膊断腿的椅子和桌子，还有各种各样的大小木箱子。

兄妹俩一边照着手电筒，一边爬到桌子底下将手伸向书箱里寻找，可翻来找去，什么也没有发现。

"奇怪！可能不在地下室吧？"

"可是那声音确实来自地下，嘘，不要出声，我们再听一次。"

兄妹俩屏住呼吸，竖起耳朵辨别着，可不管怎么听，少女轻微的喊声再也听不见了。地下，地上，周围，一片静悄悄的，宛如墓地一般寂静，良子猛地害怕起来。

"哥哥，快回房间吧！刚才一定是弄错了，我可能把风声当作人的声音了。"

"你呀，真是的！慌什么呀？不是在自己家吗？睡得那么香却被你叫醒，哎……"

"可我还是觉得奇怪，那声音确实是女孩子的喊声，说不定是澄子的声音？澄子肯定在一个很远的地方正在遭受着折磨，那声音犹如从收音机里传出来似的，在我的耳边回荡着。"

"也许是你说的那样，可你一直惦记着澄子，就有可能出现像这样的幻觉。像幻觉这种东西，不管怎么寻找都是白搭，那是因为澄子在非常遥远的地方。"

接着，兄妹俩回到各自的卧室睡觉，可那轻微的喊声果真是幻觉吗？

接头的地点

次日，淡谷澄子依然下落不明，警方动用大量警力四处寻找，明智大侦探也出动了。在小林团长的带领下，少年侦探团和流浪儿别动队也投入侦查行动，可都没有获得一丝线索。

澄子的爸爸淡谷先生，那天给许多各行各业的朋友打电话，也给中村警部打了电话，要求继续搜索。可中午的时候，也不知是谁打来的电话，淡谷先生误以为是告知澄子下落的电话，便拿起听筒放在耳朵上，电话里传来男子嘶哑的声音。

"淡谷先生在家吗？"

"我就是淡谷庄二郎，你是谁？"

"我有话对你说，关于澄子小姐的事情。"

"什么，关于澄子？你知道她现在的下落？"

"是的。"

"谢，谢谢！那澄子现在在哪里？你又是哪一位？"

"澄子小姐在我这里，可具体地点还不能告诉你。"

"什么，你说什么？你，你到底是哪一位？"

"你难道不知道我是谁吗？嘻嘻嘻……就是我！就是那个上门取宝石，结果被你耍了一回并仓皇逃跑的男子！"

淡谷先生浑身不由得颤抖了一下，照这么说，这家伙是贼心不死的四十面相。

"你，你是四十面相？"

"是的。"

对方镇定自若。

"你，你为什么打电话给我？是不是想敲诈我？"

"我可不稀罕什么钱不钱的，我这个人向来不吃回头草，从来不重复偷盗已经偷盗失败的宝物，可唯独你手里的二十四颗宝石，我实在是欲罢不能。为夺回宝石，只能暂时绑架你的女儿，不过你放心，我不会让她挨饿受冻的，一天三餐都按时派人给她送去。现在她被我藏在一个非常安全的地方，你只要把二十四颗宝石送到我说的地方，我就立刻把澄子小姐还给你。"

"送到什么地方？"

"距离你家南面五百米左右的地方，有一片叫八幡神社的森林。今天夜里十点，你拿着宝石连同宝石箱在八幡神社牌坊跟前等候。只要十点一到，我会准时出现在那里。我是一个从不食言并信守诺言的人。你如果报警也没有关系，可你必须自己一个人去那里。只能步行走着去，不能坐车。你如果带别人一起来，那我只能毁约，你也许就再也见不到澄子小姐了。"

"行，就照你说的办，今天夜里十点，我一个人拿着宝石准时在八幡神社牌坊跟前等候。可你必须当场将澄子交给我。"

"我不可能在那里交给你，因为刑侦警察也许埋伏在那里。我与你见面后，再把你带到一个安全的地方，到那里后我把澄子小姐交给你，你把宝石交给我，咱们一手交宝石一手交人。"

"行！就照你说的办。"

"为避免你还抱着侥幸心理，有一句话得现在跟你说。你挂断电话后，不必请警方调查我在哪里打的电话，因为再调查也是浪费时间。你知道吗？我是在路边电话亭里打的电话，好了，再见！"

接着，电话断了。

淡谷先生打电话通知正在上班的儿子一郎赶快回家，夫妻俩加上儿子一郎在书房里秘密商量。宝石的价值再高，也不可能超过女儿的价值。家庭会议的商量结果，就是按四十面相说的去做。

接着，淡谷先生给明智侦探事务所打了电话，要求明智大侦探火速赶到淡谷别墅，于是明智大侦探带着小林少年驾车赶来了。

淡谷先生把客人请到自己的书房，秘密商谈了三十多分钟。碰头会结束后，三个人笑哈哈地走出书房。

看他们脸上的表情，好像已经商定了万全之策。

夜里十点，淡谷先生把宝石箱夹在腋下，独自步行来到八幡神社的牌坊跟前。

神社边上是黑压压的树林，神社周围的灯光稀稀拉拉，加上树木的遮挡，显得昏昏沉沉。即便对面有人走来，也是模糊不清，难以辨别。

淡谷先生站在牌坊跟前，冷静地注视着周围。现在，正巧是十点整。

树林里走出一个男子，快速地朝淡谷先生靠近。他身穿黑色西装，头戴黑色鸭舌帽，宛如黑暗里漂浮的幽灵，这家伙便是臭名昭彰的四十面相。

"喂，到我这边来！我的车停在那里。"

黑色装束的男子轻声说道，拉着淡谷先生的手。

穿过神社背后的森林，那里果然停着一辆轿车。

当四十面相和淡谷先生还在树林里的时候，轿车底盘下面钻出一个矮个子人影，瞬间消失在茫茫的黑夜里。

轿车上坐着司机，两眼盯着前方，没有察觉到底盘下钻出一个人来。

矮个子到底是谁？他钻在车下干了些什么？说到矮个子，读者也许会想起他是谁。

论个头，矮个子无疑是少年。黑色少年钻在轿车底盘下的举止，在少年侦探团参与侦破的无数案件中出现过多次。

亲爱的读者，请你回忆一下黑色少年是什么举止。

且说淡谷先生刚坐上轿车，四十面相便从袋子里取出黑手巾。

"我现在要蒙上你的眼睛，接下来去什么地方不能让你知道。"

说着，他把黑手巾蒙在淡谷先生的眼睛上，于是淡谷先生两眼一抹黑什么也看不见了。

轿车忽左忽右地在路上连续转弯，大约三十分钟后车停了。

"到了！可还不能摘下蒙在你眼睛上的黑手巾。尽管路不好走，但我会牵着你的手为你引路。不过，一路上不允许出声。"

淡谷先生下车后，右胳膊紧紧地夹住宝石箱，左胳膊被四十面相的手拽着。

走过野草丛生的小路，沿高低不平的台阶往下走，好像是去地下室。

"呵，去地下室，交换地点可能是地下室。"

淡谷先生暗自思索。

走完楼梯来到平地上，这里好像是狭窄的地道。

沿地道一连转了好几个弯，耳边传来推门声，朝房间里走去。

"现在，摘下你眼睛上的黑手巾。"

四十面相解开黑手巾。

淡谷先生睁开眼睛环视房间，豪华的装饰和高雅的摆设令淡谷先生大吃一惊。

墙上，天花板上到处金光闪闪，就连桌子和椅子，也都金灿灿的。天花板中央悬挂着一盏大吊灯，周围是近千颗水晶球，光芒四射。

右侧墙边摆放着好多玻璃橱柜，玻璃搁板上陈列着各种工艺品，有欧洲古代的水壶、镶嵌着宝石的高级首饰盒、胸前的装饰品和金手链等。其中最引人注目的，是古代欧洲某国的王冠，其黄金表面镶嵌着宝石。

淡谷先生看得眼花缭乱，赞不绝口。

父女相会

四十面相站在金光四射的桌子旁，笑容可掬地望着满脸惊讶的淡谷先生。

"淡谷先生，你真有勇气，佩服，佩服。独自一人拿着宝石到这里来，我被你的勇气和诚意完全折服。不过，丑话说在前面，如果我身后有刑侦警察或者侦探之类的尾巴，那我是不会把澄子小姐还给你的。但现在一切正常，我决定兑现诺言把澄子小姐归还给你。"

四十面相彬彬有礼地说。

"你如果不把澄子归还给我，就是为难我了。

要知道这些宝石上聚集着我三十年的心血，你如果不归还澄子，我也是一条热血汉子，准备跟你拼了这条命。"

淡谷先生脸色铁青，斩钉截铁地说道。

"哈哈哈……不必发火，我现在就把澄子小姐还给你。"

这个时候，四十面相的一个部下慌慌张张地跑来。

"首领，出事了！"

部下贼溜溜的眼眸在淡谷先生的脸上转了一会儿，走到四十面相身边窃窃私语。

顿时，四十面相刚才的表情不见了，恶狠狠地盯了淡谷先生一眼后，急忙和部下离开了房间。

不知咋的，淡谷先生不免担心起来，想起四十面相凶恶的眼神，预感到发生了意想不到的情况，要是四十面相不归还澄子，那可就糟了。

大约等了十分钟，四十面相终于回来了。啊，太好了！他牵着澄子的手走进房间。

"爸爸！"

澄子用哭泣的声音喊了一声爸爸，随即扑在爸爸怀里，淡谷先生伸出手紧紧地抱住女儿，激动得眼含热泪连话也不会说了。

　　澄子身上穿的，还是遭绑架那天的衣服，到处是皱褶，夜里肯定是穿着外衣睡觉。澄子面色憔悴，脸庞似乎瘦了一圈。

　　被爸爸有力的双手抱在怀里，澄子不再焦虑，显得格外的镇定。

　　突然，四十面相歇斯底里地狂笑。

　　"哇哈哈哈……太可笑了！这家伙的所作所为，简直让人笑掉大牙。

　　"哇哈哈哈……不过，这与淡谷先生毫无关系，请放心！你既然把宝石送到这里，我还有什么理由不把澄子小姐还给你呢！

　　"可刚才发现的情况，想必你不一定清楚，明智大侦探做了一件自欺欺人的事。哇哈哈哈……堂堂的四十面相是不会愚蠢到他那种地步。你回家后如果见到明智大侦探，请把我刚才说的话转达给他听。哇哈哈哈……也许明智先生正在愁眉苦脸、一筹莫展，这家伙太可笑了！"

到底发生了什么情况？淡谷先生压根儿不清楚，可眼下最重要的，是自己和女儿能否平安到家。

接着，淡谷先生父女俩被蒙上眼睛，被四十面相的两个部下牵着手离开房间。走上楼梯来到路边，四十面相驾驶着轿车送他们到淡谷别墅的门口。妈妈和哥哥看到澄子平安回来，欣喜若狂，一家四口终于团圆了。

跟踪失败

　　第二天早晨，明智大侦探的少年助手小林芳雄驾车来到八幡神社跟前，车上载着一条高大的侦探犬。

　　它叫五郎，是一条小有名气的侦探犬，只要让它的嗅觉记住罪犯的气味，它就能穷追不舍地跟踪，直到捕获罪犯为止。它的主人是明智大侦探的好友，遇上特殊情况明智便上朋友家请五郎出山，今天小林驾车接五郎到八幡神社执行跟踪任务。

　　车停在八幡神社门口，小林少年牵着五郎下车。走到四十面相昨晚停车的地方，小林打开手上拿着的纸包，那里面是一团浸透沥青的布。

小林把纸包里的沥青布拿到五郎的鼻子跟前，让它使劲地嗅。

"五郎，就是这气味，别记错了！好，出发！"

说完，小林用手轻轻拍打五郎的脖子，握着犬绳站起身来，于是五郎迈开步子欢快地小跑起来。

走了一会儿，五郎在原地转了好几个圈。一会儿，它似乎嗅出留在地面上的那种气味，轻吼了几声。接着，五郎又迈开双腿朝前慢跑，小林手握长犬绳驾车，紧紧地跟在五郎身后。

五郎的鼻尖不时地触及地面，一边嗅一边慢跑，载着小林的轿车紧跟在五郎背后，缓慢地行驶着。

这到底是怎么回事？

如果仔细看一下五郎走过的路，你就会明白，地面上有一条纤细的线，浅黑色一直向前延伸。

这条线散发着某种气味，五郎的鼻尖不停地触及它并向前奔跑。

这条黑线究竟是什么？

其实，这条黑线是这么回事。

昨晚从四十面相轿车底盘下钻出的少年，不是别人，正是少年侦探团的团长、明智大侦探的助手小林芳雄。

小林提着装满沥青的铁罐子钻到轿车底下，把它拴在底盘的凹陷处。

铁罐子底部有针眼大小的洞口，沥青通过针眼漏到地上，犹如一条纤细的黑色丝线。

五郎的鼻尖不断地嗅着地面，就是沿着这条沥青线追踪罪犯。

小林今天一清早来到这里，沿这条线索追寻罪犯的下落。一路上不时地停车寻找，黑色线索时常间断。由于黑线非常纤细，人的肉眼很难发现，对于侦探犬来说，只需凭嗅觉就可找到间断的黑线，像这样的侦查活动，必须邀请侦探犬参加。

当驾车跟踪或随车跟踪易于暴露时，小林便采用黑色跟踪法追寻罪犯，曾经侦破某案件时，小林成功地采用了黑色跟踪法。

由于铁罐底部的洞眼只有针尖那么细小，装在铁罐子里的沥青可以使用很长一段时间。一般来说，三四十分钟内不会干涸。

五郎顺着街角朝右转弯后，继续向前慢跑，幸亏一路上都是比较偏僻的街道，黑线的间断距离即便再大，也阻隔不住沥青的气味，因此不会迷失方向。

轿车已经跟在五郎后面行驶了三十多分钟，可五郎还在不停地往前慢跑，根据时间判断，黑线的尽头即将临近。

"奇怪，好像是在走回头路，尽管走的路跟刚才不一样，可方向不是向前而是朝回走。瞧！五郎现在是朝着淡谷别墅的方向行走。到底是怎么了？啊啊，我明白了！四十面相故意绕远路，佯装驶向远处的假象，那家伙的大本营，可能在淡谷别墅的附近？"

小林恍然大悟。

还真是这么回事！五郎朝着淡谷别墅的方向不停地奔跑，距离淡谷别墅越来越近。

真不可思议！五郎开始笔直地朝淡谷别墅靠近。

五郎既不转弯也不犹豫，继续逼近淡谷别墅，终于五郎来到淡谷别墅的院子门口。

　　紧接着，五郎朝院子里挺进，小林无可奈何，走下车跟在五郎身后。

　　五郎穿过院子没有进入别墅玄关，而是绕着别墅转了一圈又来到刚才的院子门口，接着闯入树林中间的一棵大柯树跟前不走了。

　　这棵大柯树的树脚旁边，躺着一个正方形的铁罐子。

　　小林惊叫一声，朝铁罐子跑去。

　　这只铁罐子，是小林昨晚拴在四十面相轿车底盘上的那个。

　　铁罐子上面放着一封白色的信件，信封被一根红色丝绸系在铁罐子上。

　　小林急忙拆开信封，取出一张信笺。信是这样写的：

　　明智如见：

　　　像这种低劣、恶作剧之类的侦查手段，我

劝你今后别再使用了。你企图采用黑色跟踪法寻找我的住处，不是自欺欺人吗！这种雕虫小技，怎么能骗过堂堂的四十面相。实话告诉你，我现在的大本营近在眼前又远在天边。不过，你是永远找不到的。再见！

四十面相　敬上

小林少年看完这封信，伤心的眼泪不断地涌出眼眶。

四十面相发现黑色丝线后，赶紧在某岔道上铲除，再提着铁罐一直走到淡谷别墅院子里的树林里，制造假的黑色丝线，引诱五郎上当。这条假的黑色丝线，无疑是四十面相在昨天夜里干的。

小林觉得已经没有必要保密，一五一十地告诉了淡谷先生，于是淡谷先生来到院子里查看铁罐子，澄子小姐也跟着来到院子里。

"啊啊，怪不得那家伙望着我哈哈狂笑。当时，他的一个部下发现黑色丝线后便赶来向他报告，四十面相想出这个主意，也许会觉得有趣因而捧腹大笑。我当时觉得不可思议,四十面相为什么要如此狂笑?现在看到这只铁罐子,我才明白他当时狂笑的原因。"

淡谷先生看完四十面相的信,终于明白了一切。

小林被请到客厅,吃完点心后,赶紧驾车返回了明智侦探事务所。

齿轮的后面

那以后的两个星期里，什么可疑的情况也没有发生。

一天，居住在钟塔别墅的园田良子放学回家，她来到自己的书房里做家庭作业，随后手持望远镜来到紧挨着钟塔下面的房间。那房间上面便是大钟机械室，机械室的外侧是钟盘，良子站在窗前，用望远镜眺望和欣赏窗外的美丽风景。

站在那里眺望，视线没有任何阻挡，可以越过树林直接看到同班同学澄子的别墅。尽管有三百多米的距离，可使用望远镜看过去却非常清晰，有时候可以看到，澄子正站在自家的二楼窗户前眺望钟塔别墅。

每当这个时候，澄子也拿起望远镜与良子互相对望，通过摇晃手帕表达彼此的意思，久而久之，手帕语成了她俩远距离的通话工具。

今天，良子多么希望澄子此刻也站在窗户前，通过手帕语与自己交流。她这么想着的同时朝楼上走去，猛然间觉得房间里有人。

钟塔最上面的机械室，算作别墅的五楼，四楼是瞭望室兼通向五楼的楼梯通道，三楼房间则是通向四楼的楼梯通道。

良子来到通向三楼的楼梯上并朝上看去，只见一个火红的家伙消失在通往四楼的楼梯上。

"啊！是谁？大概是哥哥，可哥哥没有那样的衣服呀！"

她一边琢磨一边来到通往四楼的楼梯上，抬起头向上望去，通往五楼的楼梯上站着一个人，正看着自己。

啊！又是那张脸！

是那张曾经见过的充满恐怖的脸。

这家伙头戴红色尖顶帽，脸上涂满白色化妆粉，两边的脸颊中间各有一个红彤彤的大实心圆，眼睫毛足有半寸长，酷似木偶的眼睛，嘴唇上也涂满口红。当杂技师张开涂满口红的嘴巴大笑的时候，令人十分生厌。

良子吓得浑身连一丁点儿力气也没有了，她想喊救命，可声音被卡在喉咙里。

杂技师紧盯着良子，脸上皮笑肉不笑的，瞬间杂技师不见了。

杂技师消失了，良子总算有了一点力气，她转过身三步并作两步地跑到二楼，又从二楼跑到一楼。

当她正要迈开双腿沿一楼走廊狂奔的时候，与对面走来的哥哥丈吉撞了一个满怀。

"怎么了？良子，脸色怎么那么苍白……"

"哥哥，我遇上妖怪了，我在钟塔楼梯上看见那个杂技师了！与上次绑架澄子的那个杂技师一模一样，刚才那家伙跑去大钟机械室了。"

良子嘴里不停地喘着粗气。

"你说什么？那家伙在钟塔楼梯上？好，我上去看看，你在一楼等着。"

丈吉说完，大步朝楼梯走去。

大钟机械室在五楼，也就是钟塔的最高处，三楼和四楼既是房间又是通往五楼的通道，显得十分狭窄。丈吉搜查了三楼和四楼，没有发现杂技师的影子，看来良子说得没错，杂技师肯定在五楼的大钟机械室里。

丈吉在通往五楼的楼梯上，蹑手蹑脚地走着，伸长脖子窥视着机械室。

不用说，机械室里到处都是大钟的机械，大小齿轮相互间磨合着转动，钟摆在慢悠悠地左右摇摆。

现在的大钟动力来源是交流电，可这座大钟是很久以前的产品，动力来自钢板发条，钢板发条厚得令人咋舌，而且很宽。发条带动各种齿轮，齿轮带动指针和分针，同时带动钟摆左右晃动。

齿轮的直径居然有一米，看上去十分笨重。中型齿轮、小型齿轮以及其它齿轮，有的转得很快，有的转得很慢。总之，都在转动，都仿佛被注入了生命。

齿轮与齿轮之间有空隙，透过这些间隙可以看到齿轮内侧，猛然间丈吉发现齿轮背后有一团火在移动。

丈吉定睛一看，那一团火是杂技师身上穿的服装。

他屏住呼吸直愣愣地看着，顷刻间一团火又出现在另一个齿轮的背后。

"是谁在那里？快站出来！"

丈吉使出全身的力气吼道。

丝毫没有反应，对方大概在屏住呼吸朝着自己窥视？

"是谁？快过来！"

丈吉又大吼一声，还是没有回音。

如果是一般年轻人遇上这样的场面，早就仓皇逃跑了，避而远之。可丈吉一向胆大，毫无逃离之意，似乎丈吉已经下定决心，无论如何要抓住这个可疑的家伙。

他继续向上走着，走进机械室，透过齿轮的间隙观察齿轮背后的情况。

大小齿轮相互重叠，间隙非常小。

齿轮背后，丈吉目不转睛地注视着那里，察觉齿轮背后好像也有人在眨巴着眼睛。

是人的眼睛，那对眼睛正凑在齿轮间隙跟前貌视丈吉。

丈吉又吃了一惊，杂技师似乎站在齿轮背后，瞪大着眼睛与自己对峙。

继续僵持了好一会儿，还是杂技师主动离开。

也许杂技师要逃走？

丈吉鼓起勇气走到齿轮背后。

虽说挤满了大小齿轮，但墙边与齿轮的间距有五十厘米，可以侧着身体行走。

丈吉沿着这条五十厘米的走道转到齿轮的拐角处，悄悄地窥视前面。

那里空荡荡的，杂技师肯定躲到别的什么地方去了。

危在旦夕

机械室外侧，有东、西、南三面钟盘。钟盘表面，有表示时间的阿拉伯数字，每面钟盘的直径约五米，钟盘上转动着时针和分针。

控制时针和分针的轴承，其端部伸在钟盘表面的中心位置，在外侧则是两根针棒。轴承长度有一百七十厘米，横跨在机械室的空中。

通常钟盘表面的八和四附近有两个圆孔，用于旋转发条轴承。

大钟钟盘上虽不需要这样的圆孔，可习惯上必须留两个这样的圆孔，尽管不起任何作用。按照钟

116

盘直径的比例制作，大钟盘上的圆孔比大人的脑袋要大一些，宛如机械室的窥视窗。

杂技师刚才是站在钟盘内侧和齿轮中间的走道上，眼睛凑在齿轮间隙窥视丈吉。可现在走到那里查看，连杂技师的影子也没有见着。

"啊哈哈哈……喂，丈吉，你知道我在哪里吗？啊哈哈哈……"

不知从哪里传来让人作呕的奸笑声，震撼着机械室，奸笑声震耳欲聋。

到底在哪里？丈吉竖起耳朵辨别，与刚才相同的声音不再传来。

"也许那家伙爬在了钟盘表面上。"

丈吉突然想到那里，打算看个究竟。钟盘上虽有两个圆孔，但从那里钻进钻出也非易事，可杂技师外表好像擅长魔法，完全有可能那样做。

丈吉为核实自己的判断是否正确，从靠近四点的那个圆孔探出脑袋，朝钟盘表面环视。

从钟塔五楼的机械室向前远望，不用说，周围一览无余。

丈吉的视线里，有曾经淡谷澄子被绑架的那片树林，有树林前面鳞次栉比的住宅群。

那住宅群里，有澄子居住的淡谷别墅。

极目远眺，视线里出现百货大楼那样的大厦，再前面是美丽的富士山。

钟盘表面，没有发现杂技师的影子，那家伙也许已经沿着外墙下到了地面，于是丈吉将视线笔直地移向地面，顿感耳昏目眩，眼前直冒金星。出现在眼前的是一大片红色砖墙，没有什么可疑的地方。

就在这个时候。

不可能发生的异常现象发生了。

一个坚硬的东西掉落下来，紧紧地摁在丈吉的脖子上。

他吃了一惊，使劲地往后退，可脑袋怎么也缩不回来。那坚硬的东西改变了圆孔的大小，脑瓜子无法返回钟盘内侧的机械室了。

他伸出手去拂掉抵在脖子上的那个坚硬的东西，可试了好几回，手就是伸不出去。

他使出全身力气将脖子向上顶，可那个坚硬的东西岿然不动，不但不向上移动，相反不断地向下压来。

啊啊，明白了，压在丈吉脖子上的东西，不是别的，正是大钟上的那根分针。

此刻正是下午三点二十三分，沉重的分针正在4和5之间，而且继续往下转动。

分针的长度有二百四十厘米，宽度有三十厘米，采用非常牢固的钢板制作而成。无论丈吉如何发力，沉重的分针不可能向上移动。

分针经过圆孔的时间，需要两分钟左右，钢板制作的分针慢悠悠地向下移动，但不可能返回。两分钟的时间里，丈吉的脑袋将会被无情的分针割下来。

想到这里，丈吉的脸色顿时显得苍白无力，声嘶力竭地叫嚷起来。

"救命！救命……我的脑袋被大钟的分针摁得无法动弹，快来救我！"

那个杂技师说不定还躲在机械室里，那家伙听到我求救的喊叫声，也许会赶来救我。

　　只要停止轴承的转动，再将轴承的齿轮向相反的方向转动，就可以救出自己。可杂技师那种怪物不可能挺身而出，可能会袖手旁观，幸灾乐祸。

　　是的，杂技师不仅不可能这样做，而且一直等待着丈吉探出脑袋。当丈吉探出脑袋的时候，他还特地转动轴承，将钢板分针使劲朝丈吉的脖子压去。

　　丈吉感到绝望，不由得闭上眼睛，等待着死神降临。

幸免于难

　　就在五分钟前，淡谷澄子心血来潮，打算一边
眺望钟塔别墅的园田良子，一边用手帕语与园田良
子说说心里话。

　　刚才放学回家的时候，她俩是在淡谷别墅门口
分手的，也不知何故，澄子希望在望远镜里再见到
好朋友良子。

　　澄子手持望远镜急匆匆地来到二楼窗户前。

　　良子可能是站在大钟下面的那个房间的窗户
前，只要将望远镜对准那里，肯定能见到良子。

　　澄子推开窗户，将望远镜放在眼睛上调整好

焦距。

那房间的窗户没有打开，隔着窗户玻璃观察完房间，那里面没有良子。

澄子发现，好像有东西在蠕动，于是将望远镜向上移动后，将焦距调整到最清晰的程度。

大钟的钟盘占据了望远镜的整个镜片，钟盘上除分针、指针和阿拉伯数字外，还有两个圆孔。

咦，好像有一个人的脑袋伸在右边的圆孔外面。

"啊呀！那是丈吉哥哥！"

澄子自言自语道。

是丈吉哥哥！肯定是丈吉哥哥！好像出事了？瞧！那根分针使劲地将丈吉哥哥的脖子往下压……啊，危险！丈吉哥哥不快些缩回去，脑袋可就保不住了呀！

瞧！可恶的分针还在使劲地下压……丈吉哥哥怎么没有察觉到呢？奇怪！

"咦！分针不是已经碰上丈吉哥哥的脖子了吗？噢，丈吉哥哥察觉到了，正在将脑袋朝圆孔背后缩，可是……怎么不起作用呢？瞧！丈吉哥哥的脑袋还是凸在钟盘表面。糟糕！瞧！丈吉哥哥好像在叫嚷什么，怎么办？要是马上有人爬上钟塔救他，也许……"

澄子毕竟头脑机灵，思维敏捷，赶紧扔下望远镜跑到客厅，拿起电话听筒，迅速拨通良子家的电话。

此时此刻，大钟上的分针压得丈吉几乎喘不过气来，可钢针还在无情地向下压……

一直到刚才为止还只不过是被按的感觉，可现在是疼痛难忍的感觉。脖子上的表皮已经破损，鲜血滴滴答答地流个不停。

"救命！救命……"

丈吉不停地扭动脖子，不停地叫喊。

可是没有人听见，更没有人救助。虽说爸爸也在家，可丈吉的叫喊声怎么也到不了爸爸的耳朵里，就连此刻在钟塔别墅一楼的良子，也压根儿没有听见。

再不救助丈吉，可就……请救助可怜的丈吉！

这个时候，电话那头传来了少女的声音。

"啊！你是良子吗？太好了！快……"

"什么？你说快什么？你，你是谁？"

良子不清楚钟塔上出现的情况，出奇的冷静，语气里夹杂着反感。

"是我！我是澄子。不好了，出事了！你哥哥正在垂死挣扎，要快！"

"什么？你说垂死挣扎？在哪里？"

"在钟塔上！钟盘上不是有两个圆孔吗！丈吉哥哥从那里探出脑袋，没想到被分针紧紧地压住动弹不得，再不上去救他，脑袋可就保不住了！"

电话里传来良子撂下电话听筒的声音。

"要快！明白了吗？"

对方没有回答，只有迅速远去的脚步声，良子为了救哥哥，肯定到爸爸书房里搬救兵去了。

可澄子还是放心不下，又跑上二楼举起望远镜眺望。

不一会儿，丈吉在危难关头得救了。

当时良子接到澄子的电话后连忙通知爸爸，爸爸赶紧登上大钟机械室，将控制分针轴承的齿轮倒转，救出了处在危急关头的丈吉。

获救的丈吉已经奄奄一息，不省人事，爸爸抱出昏迷不醒的丈吉，使劲摇晃，大声呼喊，丈吉终于睁开了眼睛。

"别闭上眼睛！没有什么大不了的伤，一定要打起精神！"

爸爸非常镇定，丈吉突然紧紧地抱住爸爸，热泪盈眶。平日里一向勇敢的丈吉，睁开眼睛一看见横跨在机械室空间的轴承，浑身便颤抖起来。

好在伤势并不严重，虽说脖子还在流血，但没有伤着主要的动脉血管，只要到医院请医生包扎一下，要不了几天就会痊愈的。

丈吉和良子提醒爸爸，身穿红色服装的杂技师可能还躲藏在机械室的某个角落，于是爸爸带着秘书在机械室里寻找，却连杂技师的影子也没有见着。

"瞧！齿轮背后的地上有一张纸。"

秘书递上那张纸，这是一张用铅笔写的便条，园田先生念完后皱紧了眉头。内容是这样的：

园田先生：

你好！

丈吉想抓我，结果落得痛苦不堪的下场。
有谁想试试吗？再见！

四十面相　敬上

果然，杂技师是四十面相化装的。

可是那家伙现在在哪里？又是如何逃走？

机械室里除三面钟盘上分别有两个圆孔以外，
没有窗户，即便圆孔也只能探出脑袋，不可能钻出
整个人的身体，也就是说四十面相不可能从机械室
逃走。

假设四十面相沿楼梯逃跑，不可能躲过家人的
视线。园田先生的别墅里，有秘书，还有许多用
人，四十面相要躲开这么多人的视线，不是一件容
易的事情。

接着，爸爸让丈吉躺在他的卧室里，请来医生

为他进行治疗，医生说丈吉脖子上的伤势四五天后就能痊愈。

幸亏澄子及时打来电话，丈吉才得以获救。为此，园田夫妇十分感激并由良子担任向导亲自拜访了淡谷别墅，当面向澄子及其父母表示了感谢。

可是扮作杂技师的四十面相潜入园田先生居住的钟楼别墅，究竟怀有什么目的？

白色幽灵

那天过后的第四天晚上，丈吉的妹妹良子看到了十分恐怖的一幕。

良子的卧室在钟塔别墅的二楼，紧挨着哥哥丈吉的卧室，面积大约十平方米，放有一张单人床和一张写字桌。

良子睡觉的时候，除熄灭吸顶灯和台灯外，床头灯彻夜亮着，床头灯放在床头柜上，有绿色灯罩。

深夜两点左右，良子突然觉得呼吸急促起来，胸口上似乎被什么沉重的东西压着，于是她猛地睁开眼睛，发现床边站着一个白乎乎的东西。

　　其高度与大人的个头差不多，从上到下都是白的，眼睛、鼻子、嘴巴也都是白的。

　　良子吓了一跳，赶紧把毛毯蒙在脸上，浑身瑟瑟发抖。

　　"良子小姐，良子小姐……"

　　耳边传来亲热的呼喊声，白乎乎的家伙似乎有悄悄话对良子说。不是人在呼喊，而是白色幽灵在呼喊。

　　良子用双手使劲拽着蒙在脸上的毛毯，全身颤抖得更厉害了，呼吸也跟着急促起来。

　　"九月二十日，距离今天还有一个星期的时间，良子小姐。"

　　耳边传来亲切的说话声。

　　九月二十日是什么日子？

　　今天是九月十三日，距离二十日还有七天，白色幽灵说这话，到底想表达什么？

　　可此刻，良子小姐根本没有时间思考，只是躲在毛毯里不停地发抖。

一会儿，说话声音消失了，良子哆哆嗦嗦地从毛毯里露出两只眼睛，向床边看去。

什么也没有，白色幽灵不知什么时候已经无影无踪。

良子爬起来坐在床上，环视整个房间，幽灵不见了。

"大概是梦吧，可是，那根本不是梦！自己不仅亲眼看见，还亲耳听见了！"

良子小姐忍不住掀开毛毯，跑出卧室来到隔壁哥哥的房间。

"发生什么了？良子，就是刚才吗？"

丈吉吃惊地问道。

"刚才，白色幽灵出现在我的房间里。"

"什么？是白色幽灵？"

"是的，一个没有眼睛没有嘴巴的白色幽灵。"

"你说什么呀！你大概是梦见的吧？人世间不可能存在幽灵的，良子一定是乱说的，你现在把我叫醒，我可起不来。"

"可是，哥哥，我害怕！我一个人不敢睡。"

"你这个胆小鬼，真拿你没办法。好吧，我到你房间去给你讲故事，一直到你睡着为止，好吗？"善良的丈吉来到妹妹的卧室里，一直到妹妹睡着才返回自己的房间。

6，5，4

次日早晨，良子把昨天夜里的所见所闻说给爸爸听。爸爸把良子说的话全当梦话，一个耳朵进一个耳朵出。可良子无论如何也不相信自己是在做梦，她坚持自己的观点。

大白天良子的耳边，一直萦绕着"九月二十日"这几个字。"九月二十日"这个日子，究竟意味着什么？

那天傍晚，良子去浴室洗澡，来到浴室前面的更衣间正要脱去身上的衣服。不经意间看了一下镜子，忽然发现镜子上有一个阿拉伯数字。

更衣间墙上镶嵌着一面大镜子，镜子表面有一个阿拉伯数字"6"，用白粉笔写的，占据镜子的一半面积。

如果觉得是谁随便写的，也就不会在意什么。可良子一看见"6"，突然想起它可能表达的意思。

昨天夜里出现的白色幽灵，反复说着"九月二十日，距离今天还有一个星期的时间"这句话。如果按照这句话推断，九月二十日距离今天应该是六天。所谓6，无疑是表达还有六天的意思。

这个阿拉伯数字，一定是那个白色幽灵写的！家里人不可能在镜子表面乱写乱画。

第三天，又出现了阿拉伯数字。

那天良子在院子里玩耍。突然，一只红色气球从晴朗的天空慢悠悠地飘落下来。

这只气球不知原先拴在什么地方，也许绳索断了升向天空的，随着气球里的气体渐渐泄漏，气球飘落到地面上。

片刻后，气球掉落在十米远的草丛里，随风左右摇摆着。

良子奔跑过去，双手抓住还剩一丁点儿气的气球。可瞬间，良子突然双手松开了气球。

她像看见怪物似的，脸色苍白，转身拼命地朝别墅玄关跑去。

良子为什么如此惊慌失措？原来，红色气球表面有一个用白色颜料书写的"5"字。

不用说，这是表达还有五天的意思。

第四天，良子独自一人站在别墅玄关的时候，家犬"艾斯"朝她跑来，嘴里叼着一个纸片之类的东西。

良子仔细一看，是一张正方形的厚纸板。良子上前取下厚纸板，厚纸板上是一个用黑色颜料书写的"4"字。

良子少女惊叫一声，赶快扔掉厚纸板转身就跑。她上气不接下气地跑到书房，把刚才的情况告诉爸爸。

"爸爸，那是表达还有四天的意思，前天看见的是'6'，昨天看见的是'5'，今天看见的是'4'。这些数字，肯定是白色幽灵在通知剩下的时间。爸爸，我该怎么办？太可怕了！"

不可思议的现象，近几天来接连发生，不得不引起良子爸爸的重视。

爸爸喊来妈妈和哥哥丈吉一起商量，可商量来商量去想不出什么好办法，最后还是决定委托明智大侦探。

爸爸给明智侦探事务所打电话，可明智大侦探刚出远门，据说是去仙台执行侦查任务，凡有新案件委托，一律由少年助手小林挂帅侦查，于是小林代替明智大侦探接受园田家的委托。

虽说著名少年侦探小林芳雄的大名，园田先生、丈吉和良子早就知道，可真正见面还是第一次。在客厅里，大家坐在沙发上互相介绍。长着娃娃脸的少年侦探，一遇上案件就特别来劲，说起话来有声有色。

"良子小姐说她看到白色幽灵，那也许是事实，可那不是什么幽灵，是人穿白色服装在装神弄鬼而已。"

小林少年亮出自己的观点。

"究竟是谁在恶作剧？可能是憎恨良子小姐的什么人吧？"

园田先生插话，觉得不可思议。

"不是憎恨良子小姐，而是可能有别的原因。前不久，戏弄丈吉的那个杂技师无疑是四十面相。这一次出现的白色幽灵，也可能是四十面相？"

园田先生一边听小林说，一边不停地点头。

"我也觉得是你说的那回事，可那家伙为什么要威胁良子呢？这九月二十日到底是什么日子？我怎么一点也回忆不起来。小林，你快说说你的想法。"

"我也不明白，可园田先生的家里，莫非有四十面相喜欢的文物或古董之类的东西？那家伙光盯着这些东西偷盗。另外，他还有提前预告偷盗时间的习惯。"

"可四十面相喜欢的贵重文物，我家里不可能有，我百思不得其解。"

"原来是这么回事！这么看来，可能是其它原因。我想调查一下，还得设法保护良子小姐。园田先生你能否允许我在你家坐镇侦查到九月二十日？这样我可以有充足的时间进行侦查和分析。

"还有，一旦发生意外我可以及时与中村警部联系，还可以随时调动少年侦探团和流浪儿别动队参加侦查。这个案件在明智先生没有回来之前，由我负责侦破，你看如何？"

小林的这番决定，园田先生真是求之不得，激动得连连点头，同意这个案件全权委托给小林芳雄。

接着，小林将古城堡风格的钟塔别墅的里里外外搜查了一遍，结果也没有发现什么可疑的线索。

为了安全起见，良子的床被搬到哥哥丈吉的房间里，良子夜里睡在哥哥的卧室。小林夜里睡在良子小姐的卧室，园田先生还特地买了一张新床。由于两个房间紧紧相连，隔壁房间稍有动静，小林便可立即赶到。

3，2，1

　　小林进驻园田先生家的第一个晚上过去了。

　　次日早晨七点左右的时候，小林睁开眼睛，睡眼惺忪地坐在床上。忽然隔壁房间里传来惊叫声，那声音像是良子的。

　　小林也来不及替换外出的衣服，穿着睡衣向隔壁的房间跑去。

　　良子肯定受到什么惊吓了！小林担心极了，没有敲门就闯了进去。可奇怪的是并没有发生小林猜想的事情。

　　良子也好，丈吉也好，坐在床上不知在说些什么，兄妹俩的脸色都显得十分紧张。

"发生什么了？刚才叫喊的好像是良子小姐吧？"
小林主动询问道。

"刚才又发生了不可思议的怪事，良子的手掌上写有一个阿拉伯数字'3'，那家伙肯定是趁我们熟睡的时候，潜入房间写的。"

说完，丈吉把良子的左手伸到小林跟前。

卧室的房门没有上锁，什么人都可以随时潜入房间。可园田先生的家里，按理不可能有那种嗜好恶作剧的人。有那种怪癖的人，无疑是陌生人。

可夜里睡觉之前，别墅的窗户和门都是关着的，不砸破是不可能进入园田家的，经过调查窗户和门既没有虚掩也没有被砸坏的痕迹。

歹徒到底是怎么潜入别墅的？作案后又是如何逃之夭夭的？

园田先生越发担心起来，干脆让丈吉和良子小姐都睡到自己的卧室，让小林和秘书睡在自己卧室的左右隔壁房间，以防万一。

那天晚上八点的时候，小林打算趁睡觉前绕别墅转一圈，独自一人在昏暗的院子里行走。

他来到钟塔侧面抬起头仰望，拥有五层的钟塔犹如黑色巨人矗立在黑暗里。小林目不转睛地注视着，思考着。

陡然间，不可思议的现象发生了。

钟楼的四楼外墙上，突然变得明亮起来，这光线不知来自哪里？直径五米左右的圆形光束，宛如幻灯机的灯光。

巨大的光圈里，出现巨大的阿拉伯数字"2"。

"只剩下两天了。"

充满恐怖的预告。

小林站在巨大的光圈下环视周围，寻找灯光的来源。

发射灯光的幻灯机，一定是在围墙外面的树林里，为核实自己的这一判断，小林打算走出院子搜索。

可小林刚打算迈步，只觉得双脚似乎被什么东西粘住似的。

瞧！钟塔圆顶的避雷针上，有一个白乎乎的东西在快速旋转。

圆的光圈径直射向那里，夜空中闪现白乎乎的东西，人那般大的白色东西，像风车那样不停地旋转。

小林忽然想起良子说过的白色幽灵。

"在上面旋转的家伙，就是那个所谓的白色幽灵。此刻，白色幽灵在避雷针尖上旋转。

"曾经，杂技师也趴在避雷针尖上旋转，那家伙向来喜欢这种杂技玩意，一结束旋转便寻衅滋事。"

小林一边想，一边仰望"风车"。这个时候，白色风车开始减速，不一会儿就处于完全停止的状态，紧接着白色幽灵朝小林扑来。

小林赶紧用双手捂住脸，整个身体下蹲。

没有嘴巴没有眼睛的白色幽灵，与戏剧里表演的幽灵十分相似，拖着长尾巴从小林的脑袋上飞过，瞬间飞到围墙外面。

小林赶紧跑到大门外，钻入别墅附近的树林里寻找线索，可搜索了好一会儿，既没有发现白色幽灵，也没有找到幻灯机。

钟塔的秘密

那天晚上，小林睡在园田先生的家里，可整个晚上毫无倦意，一直躺在床上思考。

从白色幽灵出现的那天开始，钟塔别墅里不停地出现表示时间的阿拉伯数字。可门和窗户都是关着的，作案人不可能来自外部。即便丈吉在钟塔上遇到的危险事件，作案人杂技师也绝对不可能逃走。可作案人，却在钟塔里如烟雾般地消失了。

无论四十面相使用什么魔法，也不可能像烟雾那样消失。这里面肯定有不为人知的秘密，而且是常人难以想象的秘密。

小林躺在床上仰望着天花板，陷入苦苦的沉思中。魔法的秘密究竟是什么？侦破点到底在哪里？两个小时过去了，三个小时过去了……小林没有停止思考。过了一会儿，脑袋开始疼痛起来。

　　啊！对了！魔法的秘密，一定在厚实的墙体里。魔法的秘密之一，在于墙体的厚度。明智先生的教诲，自己竟然忘得一干二净。明天拂晓时分，抓紧调查各层楼的墙体厚度，调查结果可能与自己的判断相吻合。

　　小林反复考虑着自己的这一判断，顿感浑身轻松起来，不知不觉地闭上眼睛睡着了。

　　第二天清晨，小林早早起床，洗完脸也顾不上吃饭，向园田先生借了一把百米卷尺，邀请丈吉登上钟楼机械室测量。

　　"丈吉，我们先测量机械室的面积，你拿着卷尺头部抵着墙脚，我用卷尺盘朝对面墙脚延伸，测量从你那里到我这里的长度。"

　　四周墙面的长度测量完毕，小林将数据一一记录在笔记本上，接着测量四楼四周墙面的长度，随后测量三楼、二楼、一楼的四周墙面的长度。所有的数据，全部记录在案。

"按理说，钟塔应该越到上面越狭窄，可这座钟塔的四周长度，从上到下根本没有变化，也就是说从五楼到一楼内侧的四周边长都相同。

"接下来测量钟塔外侧四周墙面的长度，整个钟塔外墙从下到上是笔直的，只要测出钟塔一楼外墙四周墙面的长度，就可以知道二楼、三楼、四楼和五楼外墙四周的长度了。"

于是两个人来到别墅屋顶上，测量钟塔一楼外墙四周墙面的长度，而后将数据记录在笔记本上。

钟塔内侧和外侧的四周墙面长度，分别如下：

	东侧	西侧	南侧	北侧
内侧（单位：米）	4.3	4.3	5.0	5.0
外侧（单位：米）	5.6	5.6	5.6	5.6

小林少年一边让丈吉看具体数据，一边说：

"瞧！首先看外侧栏的数据，显示东西南北外墙面的四条边长都是五百六十厘米，说明钟楼的外墙面是正方形状。

"其次看内侧栏的数据，显示东西两个内墙墙面长度是四百三十厘米，而南北两个内墙墙面的长度却是五百厘米，可见其厚度足足相差七十厘米之多。如果把它画成平面图，应该是这样的形状。"

"明白了吗？一二三四楼的东墙、西墙和南墙上，都有小窗户，而五楼的东墙、西墙和南墙上没有窗户。不用说，是因为装有钟盘的缘故。再来看五楼的北墙，既没有窗户也没有钟盘。一二三四楼的北墙上也都没有窗户。说得明白一点，从一二三四五楼的北边都是墙体。

"根据这些楼面的窗台，测量东墙、西墙和南墙的墙体厚度，皆为三十厘米。可见北墙的墙体，比东墙、西墙和南墙的墙体厚两倍多。你明白其中的道理了吗？

"根据这张示意图，用外墙边长的五百六十厘米减去内墙边长的四百三十厘米，剩下一百三十厘米。可南墙的墙体厚度，仅三十厘米。因此，用剩下的一百三十厘米减去三十厘米，剩下的一百厘米便是北墙的墙体厚度。"

"对，是这么回事，唯独北墙的墙体有一米厚，太不可思议了！可北墙的墙体为什么会那么厚呢？"

丈吉歪着脑袋，犹如摸不着头脑的丈二和尚。

"欧洲古城堡风格的别墅，都是这样的设计。在这种厚实的墙体里，设置秘密的上下通道。遇上危险时，则从秘密通道逃之夭夭。钟塔别墅，也是模仿西欧古城堡结构建造的。

"墙体里，可能也设置了这样的秘密通道。这别墅的第一个主人，是当时的钟表巨商丸传先生。据了解，他生前是一个非常奇特而又古怪的人物。"

小林解释完毕，丈吉点头表示赞同。

"小林，你分析得完全正确。四十面相就是利用这条秘密通道兴风作浪的，制造在钟塔里不翼而飞的假象。良子手掌上的阿拉伯数字，肯定也是四十面相写的，他是从这条秘密通道上下潜入我们卧室的。"

"是的，良子小姐有一天晚上看见的白色幽灵，是四十面相头戴白色蒙面罩、身披白色长袍化装的。无疑，他也是从这条秘密通道潜入良子小姐的卧室里的。

"那后来我在院子里看到的白色幽灵，也是四十面相化装的。那家伙从钟塔圆顶上向下滑翔，随后消失在围墙外面。那天晚上，他事先在钟塔和围墙外面的大树上系一根黑色绳索，用来当索道，表演完毕，他顺着黑色索道一溜烟地滑到围墙外面。"

"啊啊，原来是这么回事。对，是你分析的那样，可秘密通道的出入口在哪里呢？"

丈吉似乎终于察觉到其中的道理，但还是有不明白的地方，继续询问小林。

"不用说，出入口也是秘密的，不注意观察，是很难被发现的。秘密出入口的外面，无疑会伪装得非常巧妙。当然，只不过是我们目前还没有找到罢了，从现在起，我打算和你一起隐藏在暗处监视。

"从'6'到'2'的五个阿拉伯数字已经相继出现，目前只剩下'1'还没有出现，也就是说那家伙为了写完这最后的一个阿拉伯数字，从现在起到深夜十二点之前肯定会出现。

"究竟是白天还是夜里出现，难以预测。因此，我们得沉住气，一直监视到他出现为止。

"可这项监视任务，光一个人是难以完成的。吃饭了，上厕所了，都不得不暂时离开监视岗位，而这些时间段里，不能没有人监视。因此，没有两个人是完成不了这项任务的。"

"对，对，可我们应该隐藏在哪里监视呢？"

"当然是五楼机械室！那里是最值得怀疑的地方。走，我们到机械室去，寻找我们最佳隐藏的位置。"

说完，两个人一前一后沿着楼梯朝五楼机械室走去。

寻找暗门

小林和丈吉登上钟塔五楼的机械室，立即寻找隐藏的最佳位置。

机械室里，各种各样、大大小小的齿轮正在慢悠悠地旋转。那个面朝南面走道的齿轮下边，有一个人可以横着进去的间隙。

两个人爬到那里，从那个间隙观察北边的墙面。说来也巧，那里是观察北墙的最佳位置。

两个人趴在那里不时地窃窃私语，观察了很长时间。早饭和中午饭，都是轮流去餐厅吃的。两个小时过去了，三个小时过去了，四个小时过去了……

眼看就要傍晚了，什么可疑的情况也没有出现。

"今天，那家伙也许不来了？"

丈吉似乎等得不耐烦了，消极地说。

"也许吧？可我们最好再坚持一会儿，那家伙说不定趁天黑的时候潜入别墅。"

小林轻声地答道，给泄气的丈吉打气。

又坚持了一会儿，大约是四点五十分的时候，北墙上的一小块墙面开始动了起来。

两个人不由得相互握紧对方的手，全神贯注地盯着那里。

片刻后，北墙上刚才晃动的一小块墙面不见了，取而代之的是一个黑乎乎的洞口，边长大约六十厘米，正方形，紧接着从洞口爬出一个人来，定睛一看，是园田先生的秘书，山本。

小林和丈吉看清楚那张脸后，不由得大吃一惊。

这到底是怎么回事？秘书山本难道是四十面相的同伙？

不，不可能出现这种情况，小林于十分钟前上厕所的时候，在一楼还见过山本，并且山本也知道他俩隐藏在五楼机械室里。

如果山本真是四十面相的同伙，不可能当着他们的面打开秘密通道的出入口。

哦，明白了，那是四十面相化装的。四十面相拥有四十个脸谱，化装成山本那么普通的脸，根本不费吹灰之力。

小林暗自惊讶起来。

化装成秘书潜入钟塔的办法，简直太妙了，只要不碰上真正的山本本人，即便碰上别人也无关紧要。家人都以为是山本，任何人都不会产生任何怀疑。

化装成山本的四十面相钻出洞口后，随手将洞口恢复成原来的模样后，沿着楼梯下去了。

"丈吉，那不是山本，是化装成山本的四十面相！十分钟前，我在楼下见过山本本人，而且山本也知道我们在这里。"

"佩服，佩服，四十面相化装后，竟然与山本本人一模一样。"

"是啊，他是出了名的化装大盗！无论什么模样，他都能化装得很像。曾经，他居然还化装成明智先生呢！"

两个人爬出隐藏的位置，来到北墙那里寻找秘密通道的出入口。他俩时而用力推，时而敲打，可那一小块墙面，似乎被什么东西紧紧地抵住了，连秘密出入口和墙面之间的间隙也无法找到，两者的连接简直是天衣无缝。

"好，我们一直坚持到他返回洞口为止。那样，我们就可以掌握暗门的开关方法，而后我们也从那里进入秘密通道。"

小林少年说完，与丈吉一起返回刚才隐藏的位置。

二十分钟过后，正如小林估计的那样，那个化装成山本的男子回到了机械室里。

"别错过机会！看清楚那家伙到底是如何打开暗门的。"

他俩把眼睛瞪得犹如碟子那么大，注视着那家伙的手上动作。男子脸朝机械，好像将其中一个齿轮猛地转了一下，于是设置在秘密通道出入口的暗门朝里打开了，男子敏捷地从那里钻入通道，将暗门向外推去，暗门被牢牢地抵住了。

两个少年等了一会儿后爬出隐藏的位置，来到暗门跟前寻找假山本刚才触摸过的齿轮。他们东触西摸地寻找，突然身后传来声响，那暗门开了。

可他俩不打算立即进入通道，等到弄清楚假山本刚才的罪恶勾当后，再进去也不迟。

于是小林把手放在暗门上朝怀里一拉，门轻轻地关上了，恢复成原来的墙面。无论你怎么用力推，暗门仍岿然不动。

"好了，暗门的开关方法已经清楚了。现在，我们到下面去调查那家伙究竟干了什么。"

说完，他与丈吉一起沿着楼梯向下面的房间走去。

来到一楼后，当他俩走到园田先生卧室旁边的客厅里的时候，看见良子站在客厅外面的廊子下面正目不转睛地望着院子的地面。

"喂，良子，你站在那里看什么？"

丈吉大声喊叫，良子吃惊地转过脸来。

"瞧！那里好像有很多字。"

说完，伸出食指指着院子里的地面上。

院子里虽说已经处在傍晚的暮色里，可仔细看去，院子里的地面上被划有许多痕迹。每一堆痕迹组合起来像一个字，所有字组合起来像一个通知。

小林盯着地面琢磨了好一阵子，随后组合起来念道：

各位先生、女士：

　　你们好！

　　明天是九月二十日，这座别墅里将会发生震惊世界的大事。无论采取什么严密的防范措施，也挡不住第二次、第三次灾难的接连降临。最终，园田先生家的所有成员将从这个世界上消失，永远地消失。

　　　　　　　四十面相　敬上

院子里的地面上的那些大字，组合起来是一篇耸人听闻的威胁文章。

丈吉赶紧来到爸爸园田先生的书房，把这一情况告诉了爸爸。园田先生也赶紧来到廊子外面的院子里，仔细阅读地面上的那篇文章。

"这一回，四十面相竟然把信写在院子里了，那家伙到底是从哪里进来的？"

"这，我们已经调查清楚了。"

小林把机械室里的秘密通道以及四十面相化装成山本潜入别墅的情况，原原本本地说了一遍。

"原来是这么回事，怪不得没有人察觉。可这篇文章上说的灾难，到底意味着什么？四十面相究竟想干什么？"

"良子小姐可能有危险！"

"什么？良子有危险？"

园田先生怒气冲冲、不高兴地看着小林。

"不过，今天夜里十二点之前还不至于有什么危险。四十面相是一个说到做到的家伙，但园田先生也不必那么紧张，我会通知警方和少年侦探团在园田别墅内外布防。我现在有事要出去一下，一个小时后返回别墅。这段时间里应该不会出现什么异常情况。不过，你们还是要特别保护好良子小姐。"

小林说完就出去了。一个小时过后，小林按照事先说好的时间笑嘻嘻地回来了。

"警方那里我已经联系好了，流浪儿别动队我也已经动员好了。请大家放心吧！现在，我准备进入秘密通道，核实通道的走向和终点。"

说完，小林回到房间里换上进入秘密通道的服装。

小林穿上灰色紧身连衣裤，头戴灰色蒙面罩，手戴灰色手套，脚穿灰色袜子和灰色旅游鞋。小林的这套灰色打扮，与通道里浓浓的黑色难以分辨。

"我从机械室那里进入秘密通道，如果一个小时内不回来，你就立刻通知警方，让他们进入秘密通道营救我。警方接到你的报警，会立即通知中村警部带上警队赶到这里。"

"你一个人进入通道不会有什么危险吗？我看你还是等到警队到达以后一起进去会比较安全。"

"没关系，我还是一个人进去好，和警察一起进去，容易打草惊蛇。请放心吧！像这样的探险侦查活动，我已经不止一次了，早就习以为常了。"

　　说完，小林登上机械室，打开暗门进入了秘密通道。

良子的危难

丈吉提心吊胆地等待小林归来。

大约过去了五十分钟，暗门被打开了，是小林少年回来了。他走出暗门，附在丈吉耳边悄悄地说着什么。

丈吉听完以后，瞪大眼睛看着小林的脸。

"嗯，如果一切顺利，那就太好了。可是，不会有什么危险吧？"

"不会的，我经常那样做。"

小林的嘴角上堆满了微笑。

五分钟前，中村警部带着五个警察赶到了园田别墅，有的警察把守院子的前后门，有的警察在院子里巡逻。中村警部则坐在一楼客厅里，与主人园田先生交谈。

小林少年脱去灰色服装，换上平时的服装并走进客厅与中村警部和园田先生悄悄地说话，好像在秘密商量着什么。

夜里九点的时候，中村警部留下五个警察继续守卫园田别墅，自己则坐上警车走了。警车里除中村警部和司机以外，还有一个全身灰色打扮的少年。

灰色少年与刚才进入秘密通道的小林虽然相似，但并不是小林少年。此时此刻，小林还在园田先生的别墅里。再说坐在警车里的灰色少年的个头，比小林矮许多。这套灰色服装可能是小林借给这个少年的。

跟中村警部出门的少年究竟是谁？亲爱的读者想必你们已经清楚。

当天夜里，园田别墅里又发生一起奇怪的事件，良子又回到了自己原来的二楼卧室里睡觉。

良子的卧室和哥哥丈吉的卧室仅一墙之隔，都在别墅的二楼。可曾经，因为白色幽灵在良子的手掌上写过"3"字，爸爸园田先生觉得二楼的卧室十分危险，于是就让兄妹俩都睡到一楼的卧室，与自己睡在一起。

可今天夜里良子返回自己的卧室睡觉，而丈吉和小林少年，则住在丈吉的卧室里。

这样的安排好像是小林要求园田先生做的，这样的安排到底是什么用意？

在二楼卧室睡觉时，按理应该上锁，可小林没有那样做，两个卧室的门都是虚掩的。

看上去好像是在守株待兔，故意等候前来绑架良子的四十面相，这里面肯定有其深奥的道理。

夜里十二点刚过的时候，园田别墅里又出现了白色幽灵。

没有嘴巴没有鼻子的白色幽灵，沿着楼梯蹑手蹑脚地来到一楼，而后沿着楼梯走向二楼。四十面相一来到良子的卧室门口，就将房门推成手指那么狭小的门缝，房间里良子早已进入梦乡。

白色幽灵推开房门，无声无息地走进了卧室。

既然超过十二点了，时间应该已经进入九月二十日。根据预告时间，四十面相应该开始履行诺言了。

白色幽灵靠近床边，观察良子的脸。

良子丝毫没有察觉。

白色幽灵不知从哪里取来的大手帕，突然塞入良子小姐的嘴里，随即用一条大手巾蒙住良子的嘴巴，将手巾两端绕到脖子上紧紧系住。

良子睁开眼睛，一发现白色幽灵便拼命挣扎。

她想叫喊，可嘴里塞有手帕，嘴上又蒙有大手巾，怎么也喊不出声音。

白色幽灵卷起毛毯，将良子连同毛毯一起抱在怀里。

白色幽灵的力量简直惊人！

良子又是挥手又是蹬腿，可怎么也挣脱不了白色幽灵铁钳一般的手。白色幽灵冲出卧室，沿着走廊来到通往一楼的楼梯。

就在这个时候，刺耳的哨声响了。睡在良子

隔壁卧室的小林冲到走廊上，使劲地吹着哨子，身上穿的还是白天的衣服。小林睡觉的时候并没有脱下外衣。

小林一边吹哨子，一边跟在白色幽灵身后，朝楼梯那儿追去。这个时候，五个警察听到哨声后也飞奔而来。

白色幽灵已经跑到通往钟塔一楼的楼梯那儿并沿着楼梯朝上攀登。

"快追！就是那个抱着良子小姐的白色家伙！钟塔五楼的机械室里有秘密通道入口，那家伙是朝那里逃跑。快追！决不能让那个家伙逃走！"

小林朝警察喊道。

小林跑在前面，五个警察也来到通往钟塔的楼梯，紧跟在小林身后追赶着白色幽灵。

从二楼爬到三楼，从三楼爬到四楼，再往上爬便是五楼机械室了。

可当大家爬到四楼的时候，白色幽灵不见了。无疑，白色幽灵是打开暗门钻入秘密通道里去了。

小林少年转动那个秘密齿轮，暗门开了。

"白色幽灵肯定是从这里逃走的。"

小林轻声说道，第一个钻入秘密通道。

警察们也相继钻入秘密通道。

暗门里有一个狭窄的竖通道，犹如水井一般笔直而又向下延伸。通道墙壁上有一座铁梯子，从出入口一直伸向底部，通道里没有光线，什么也看不清。

警察打开手电筒，跟在小林身后沿着铁梯子向下爬去。

从五楼爬到四楼，从四楼爬到三楼，从三楼爬到二楼，最后从二楼朝一楼爬去。

"啊！通向一楼的铁梯子不见了！"

就在这个时候，小林叫喊起来。果然，从二楼通向一楼的那段铁梯子无影无踪了，可能是四十面相为了甩掉追兵，拆除了最后一段铁梯子。

这段被拆除的铁梯子足有四米多长，跳下去肯定会受伤。

"好！我们模仿猴子往下爬。"

高个子警察越过小林背部，双手抓住断梯的最下面的横档垂吊在空中。

"小林，你顺着我的背部往下，随后抓住我的脚。如果你松开手往下跳的话，脚下的高度也只不过一米左右。小林，你先试着往下跳。"

猴子从大树下到地面的时候，都是一个接一个地抱着脚，链条般地滑向地面，高个子警察急中生智，想起了这种方法。

小林按照警察说的，顺着警察的背部往下，随后抱住警察的脚，再松开双手。

由于地面与脚底之间的相距很近，采用这种方法果然很管用。

"警察叔叔别往下跳！下面非常狭窄只有一个人的空间，再说门是关着的。请等到我把门打开并出去后你们再往下跳。"

小林抬起脸喊道。随即从袋子里取出钢笔手电筒打开灯光。

门推也好，拉也好，始终岿然不动。幸亏小林事先来过这里并进行过缜密的调查，因此算不上什么大问题。否则，小林和警察们只能就此止步了。

小林用手电筒照亮门边的墙面，找到伪装得十分巧妙的秘密开关。

小林将食指按了一下开关，门开了。

"好了，警察叔叔你们一个接一个地下来吧！"

小林说完，向门外走去。

三个替身

小林和五个警察来到漆黑一片的地下室里，用手电筒照亮房间。他们发现地面、墙面和天花板上长满了青苔，这是一个有相当岁月的地下室，非常潮湿。

六个人继续向黑暗深处前进，黑暗里突然传来狂笑声，震得大家的耳膜剧烈地跳动起来。

"哈哈哈……"

一个警察立刻将手电筒的灯光对准笑声传出的地方，发现走廊尽头的门敞开着，那里站着一个不可思议的怪物。

内穿黑色紧身连衣裤，外披黑色短披风，鼻梁上架着狐狸眼睛模样的眼镜，头发乱蓬蓬的，额头两侧竖着一对尖角。

"啊！这家伙是蝙蝠男子。"

小林一眼认出了怪物，本案发生的一开始，淡谷澄子家的屋顶上出现过这样的蝙蝠男子。

"这家伙是四十面相化装的，快抓住他！"

小林大声喊道。五个警察赶紧上前将他抓住。

奇怪的是蝙蝠男子既不反抗也不逃跑，而是等待着警察上前抓他。

"哇哈哈哈……我不是四十面相！四十面相不管什么时候，都事先准备了许多替身。四十面相曾经也化装过蝙蝠男子，可今天不是这么回事。我是替身！瞧你们这些家伙真蠢！哇哈哈哈……"

蝙蝠男子说完就奇怪地笑起来。

"把他抓起来，别让他逃走了！"

警察用绳索把蝙蝠男子的手和脚绑了起来，让他躺在地上。

接着，警察继续朝着黑暗深处前进，这个时

候，前面的门开了，传来令人生厌的狂笑声。

"嘿嘿嘿……"

小林和两个警察的手电筒，一齐射向声音传出来的地方。

站在那里的是身穿火红色服装的杂技师，他曾经用腹部在塔顶的避雷针上旋转，并且在树林里绑架过淡谷澄子。

"你就是四十面相！"

警察吼道。

"嘿嘿嘿……你说错了！我才是真正的杂技师，那家伙经常模仿我的模样，今天可不是这么回事，我是替身，嘿嘿嘿。"

杂技师说完，犹如被操纵的木偶竟跳起舞来。

不用说，这个杂技师也被警察们用绳索捆了起来。

接着，小林少年和警察们继续朝黑暗的深处前进，一进入第二个房间，又是一阵震耳欲聋的狂笑声。

接着，从天花板上掉下来一个白乎乎的东西，随即在房间里飘来飘去。

那家伙继续狂笑着。

瞧！是白色幽灵。

"你是绑架园田良子的那个家伙！喂，快把良子小姐交出来！不然的话，我要让你尝尝疼痛的滋味。"

警察吼道。

"绑架良子小姐的不是我，是那个家伙！我的模样尽管是白色幽灵，可也是替身。虽说从钟塔圆顶上滑翔到围墙外面的人是我，可绑架良子小姐的不是我，嘻嘻嘻……"

"好，你不承认也罢，先把你绑起来！"

警察猛扑上去，撕下从他头上一直蒙到双脚的白色长袍。

于是暴露在手电筒灯光下的，是上身穿着毛线衣、下身穿着法兰绒裤子的年轻人。他看上去二十五六岁的光景，这家伙肯定是四十面相的部下。

警察也用绳索将年轻人的手脚绑起来，让他躺在地上。

就这样，四十面相的三个替身全部被缉拿归案，这些家伙都是塔上魔术师。有的将腹部撑在塔顶避雷针上旋转；有的舞动身上的短披风模仿蝙蝠飞舞，再沿着横跨在空中的索道从塔顶滑向围墙外面；有的在塔顶大钟机械室里犹如烟雾一样飘来飘去。

　　总之，他们各显神通，表演着各自的绝技，戏弄警察、明智大侦探和以小林为团长的少年侦探团。

　　迄今为止，警方捕获的三个家伙都是替身，真正的四十面相，目前仍躲藏在某个地方。小林少年和五个警察继续向黑暗的深处前进。

　　越朝里走，地下室的面积似乎越宽敞，从进入地下室到现在，已经先后经过三道门。可经过的三个房间都非常狭小，但再朝前走似乎还有门，事实上地下室很深也很大。

　　前面的黑暗处出现了一个非常气派的房门，好像是非常宽敞的房间。

　　小林走进房门，犹如知书达理的客人，彬彬有礼地敲着房门。

"请进!"

房间里也传来回答的声音。

小林推开房门走进房间,五个警察也紧随其后。

六个人环视房间,惊奇得险些后退到门外的走廊上。

眼前仿佛是一个梦幻般的童话世界。

悬挂在天花板上的大吊灯,镶嵌着成百上千颗水晶球。

墙上和天花板上金光闪闪,就连桌子和椅子也都是金色的。

右侧墙边排列着好多玻璃橱柜,玻璃搁板上陈列着各种欧洲的古代水壶、镶嵌着宝石的高级首饰盒、胸前装饰品和金手链等。其中最引人注目的,是欧洲某国的古代王冠,王冠的黄金表面镶嵌着宝石。

小林和警察们看得眼花缭乱,口中赞叹不绝。

亲爱的读者,这陈列室好像在哪里见过?是的,淡谷先生为赎回被绑架的澄子,不得不带着心爱的宝石去四十面相那里。当时，淡谷先生的眼睛被蒙着并被带到地下的房间里的，房间的摆设与这个陈列室相同。房间里最引人注目的，也是欧洲某国的古代王冠，与这个陈列室里的王冠表面相同，镶嵌着宝石。

可当时的淡谷先生，是在八幡神社门前坐上四十面相的轿车的，那地方与钟塔别墅的方向相反，两者相距足有五百多米。再说，轿车是在行驶了三十分钟后停下的。奇怪！相隔那么远的地下室，是什么时候被迁移到这里的？小林陷入了沉思。

"你好，小林，站在你身后的是警察吧，来得正好，请坐。"

金碧辉煌的房间中央有一张金灿灿的桌子，桌子对面传来男子非常冷静的说话声。

男子坐在桌子里侧的金色椅子上，身着黑色灯芯绒紧身连衣裤，头戴黑色灯芯绒贝雷帽，年龄三十岁左右。

"我是小林，这五个警察是中村警部的部下，你就是四十面相吧！"

小林一步步地朝前紧逼，眼睛紧盯着身着黑色灯芯绒的男子。

"不错，我是四十面相，你们还真能找到这里，佩服，佩服。发现秘密通道和暗门的，可能是小林吧？"

"是的，我什么都清楚。"

"真的？你说你什么都清楚？"

四十面相镇定自若，笑嘻嘻地反问。

"例如这地下陈列室吧，就是淡谷先生曾经来过的地方。"

"是的，当时淡谷先生被我用轿车载着转了一个大圈，因为淡谷先生的家距离这里太近了，相隔只有三百来米。"

"你故意制造假象，让他觉得你的地下陈列室是在郊外。当时，淡谷先生与澄子小姐的眼睛都是被蒙着的，无法知道这里的确切位置。这秘密现在终于暴露了，当时悬挂在你轿车底盘上的沥青铁罐，倘若没有被你察觉的话，这个秘密早就被我揭穿了。"

"哈哈哈……太有趣了！你的黑色跟踪计在我这里是站不住脚的。

"你那条愚蠢的侦探犬自作聪明，把你带到了淡谷别墅的院子里，是这样吧？我说的没有错吧？哈哈哈……"

"没错，当时确实被你要了一回，哈哈哈……不过，你最后还不是被我……哈哈哈……"

小林也笑了，怪盗四十面相和著名少年侦探的对话，互不相让，针锋相对。

"有一次，丈吉和良子小姐好像听到地底下传出澄子小姐的哭泣声，我知道后便来到钟塔别墅的地下室里寻找。可那里连一点可疑的线索我也没有找到，现在我侦查清楚了，这个地下室与钟楼别墅地下室之间互不相同。

"虽说这两个地下室都在钟塔别墅的地底下，但这个地下室是秘密地下室，与普通地下室不同。当时建造这座钟塔别墅的丸传先生，非常喜欢这样的秘密地下室，所以精心设计了这样的秘密。

"你发现这个秘密地下室后，让它为你偷盗来的赃物服务，经过你的装饰，地下室变成了豪华的赃物陈列室。

　　"钟塔上出现的蝙蝠男子和杂技师，都使用了这个地下室和大钟机械室的秘密出入口，不是我笑话你，像那样的魔法根本不值一提。

　　"园田先生买下这座钟塔别墅，妨碍了你的所谓魔法盗术的顺利实施。最令你担心的是，魔法秘密和地下陈列室秘密有朝一日终会被世人察觉。于是你怀恨在心，时而制造白色幽灵，时而绑架良子小姐，企图吓走园田一家。怎么样，我没有说错吧？"

　　"嗯，说得对，小林不愧是明智培养的著名少年侦探！你的分析和判断完全正确。你现在是为了抓我才来到这里的吧，可我不是那么容易就能被抓获的！再说我手里还有良子小姐作为人质，你们要是抓我，良子小姐可就没命了。哈哈哈……你们就这样狠心吗？"

　　四十面相说完，从口袋里掏出金色的小手枪。

手枪表面的金色，与整个房间的颜色非常协调，宛如配套的装饰品。他拿着手枪站起来，慢慢地朝房间的角落走去。

那里有一个大橱子，是放西服和大衣用的，他一手持枪，一手拉开橱门。

大橱子里挂着四十面相的披风和大衣，它们将大橱子内部遮盖得严严实实。大衣背后坐着园田良子小姐，她嘴里被塞入一块大手帕，嘴上被蒙着一条大手巾，双手和双脚被捆绑在一起。

四十面相扔下五六件大衣，大橱子里的情景变得清晰起来。

这个时候，意想不到的情况发生了。

四十面相惊叫一声，双腿哆哆嗦嗦地朝后退去。

瞧！身穿白色圆领衫和西式短裤的少年没有坐着，而是精神焕发地站在那里。他不是良子，而是一个长得十分可爱的小个头少年。

"你，你是谁？"

四十面相问道。

"我是少年侦探团的团员吉村菊雄，是小林团长亲戚家的孩子。"

瞧！吉村少年的脸庞酷似少女，脸上好像化过妆，额头上没有涂白粉，脸色红扑扑的，似乎头上戴着一个假发套。

吉村与良子长得非常相似，因而化装成良子睡在良子卧室的床上。

四十面相及其替身做梦也没有想到，冒险绑架来的竟然是良子的替身吉村。

诸位读者，故事里曾经出现过一个全身灰色打扮的少年。当时，据说他坐上警车与中村警部一起回去，其实坐上轿车的不是少年而是少女，是真正的良子，她被中村警部亲自保护着。

站在大衣橱里的吉村，弯下腰捡起良子的衣裤和假发套，朝四十面相跟前走去。这些化装道具，是吉村刚才从身上脱下来的。

四十面相终于明白了原委，满脸颓丧的表情。

"哈哈哈……你自以为化装天下第一而一叶障目，从而识破不了别人的化装术。"

小林少年哈哈大笑，四十面相则哑口无言。片刻后，他虎着脸恶狠狠地盯着吉村。

"可是，你的手脚是被我用绳索绑起来的……"

四十面相仍然半信半疑。

"我知道怎么解开绳索，当你在背后绑我双手的时候，我巧妙地把两只手组合在一起。因此，我可以不费吹灰之力就能解开绳结。只要双手获得自由，解开腿上的绑绳就更容易了。至于嘴上和嘴里的手帕手巾，那就更容易解开了。"

吉村那稚嫩的脸上，显得更得意了。

这个时候，站在小林身后的一个警察突然上前抱住吉村，飞快地回到小林身后的警察中间。

吉村被五个警察簇拥着，四十面相即便有三头六臂也无可奈何。

"四十面相，你的运气真不错，现在该给你上手铐了。"

小林身后冲出四个警察，他们将枪对准四十面相，步步紧逼。其中一个警察拿着手铐，朝四十面相靠近。

"哈哈哈……对我来说，这种手铐根本不起作用，不相信的话，你们就试试看！"

四十面相一边说一边后退，突然一个箭步，整个背部紧紧地靠在金碧辉煌的墙面上。

这个时候，墙面传来奇妙的响声。

大家不由得屏住呼吸。

四十面相的身影瞬间消失了，仿佛使用了隐身术。

直升机

　　小林和五个警察跑到四十面相消失的墙面跟前，仔细搜寻着，那里肯定有秘密出入口。

　　金色的墙上有非常纤细的线条，站在远处根本无法发现。其实，那是暗门四周的框线，打开暗门的机关肯定就设置在附近，可一时又难以发现。

　　小林到处寻找，终于发现了打开暗门的机关。墙面与地面连接的地方，有一个很小的金色按钮。

　　小林急忙将手按上去，金色墙面上的暗门突然朝里打开，出现了一个黑乎乎的正方形洞口。

　　小林、吉村和五个警察弯着腰，钻入洞内。

小林打开手电筒，发现通道狭小，只能容一个人站着走，通道也很深，一直向黑暗深处延伸。

小林走在前面，快速向前走着，走完十五米左右的时候，前面出现了一条地下通道。

地下通道，一头通向金色的房间，另一头连着台阶，可能是通向地面的出入口，于是大家顺着地下通道里的台阶向上爬。

他们爬完台阶，发现头上有一个圆形的洞口。洞外的光线朦朦胧胧，但比洞内亮得多。尽管是夜里，可地面上不像地下那样漆黑一片。

大家爬出洞口来到地面上，这里原来是钟塔别墅围墙外面的草地。草地上夹杂着许多杂树，地下通道的出入口，被隐藏在野草和杂树林中间。

无数星星不停地眨巴着眼睛，向大地洒下微弱的星光，借助星光大家可以看到黑暗里的别墅屋顶上是高耸入云的钟塔。

借助星光朝前看去，草地的尽头便是大片旱地，草地的中央，似乎停泊着一架直升机。

"啊，那是直升机！四十面相打算驾驶直升机逃跑。"

一个警察大声嚷道。

在别的案件里，读者们都知道四十面相拥有直升机，而且还会亲自驾驶。可自从钟塔别墅案件发生以来，还是第一次出现直升机。

"快追！"

两个少年和五个警察朝着直升机跑去。

可是已经来不及了！一阵狂风夹杂着螺旋桨的旋转声，朝追兵们迎面扑来，沙石扬起，尘土飞扬。趁这个时候，直升机悄悄地升向天空。

五个警察瞄准直升机开枪射击，可似乎没有一颗子弹命中直升机的要害部位，直升机毫发无损，继续上升，不一会儿，整个直升机消失在星光微弱的夜空里。

警察们后悔极了，一声不吭地坐在草地上，可唯独小林少年镇定自若，脸上没有一丝后悔的神情。

"警察叔叔四十面相是绝对逃不了的，别担心！你们马上就会明白的。"

小林安慰着警察们。

片刻后，前面道路上出现了明亮的灯光，渐渐地朝这里靠近。原来那是轿车夜间行驶的灯光，根据灯光可以辨别，不只是一辆轿车，顿时荒草地上被照得如同白昼。

那不是普通的轿车，而是白色的警车，一共有两辆。

警察们站起身来，不可思议地看着正在靠近的警车。

两辆警车驶到荒草地里停了下来，从车上下来好几个警察，走在前面的是中村警部。

直升机出现在荒草地上的夜空中，既不朝前开，也不向后转，而是就地盘旋。

驾驶席上坐着四十面相的部下，副驾驶席上坐着四十面相。

"喂，怎么回事？你怎么老是在原地盘旋，你难道不清楚应该朝哪里飞吗？快朝那里开！"

四十面相训斥部下。

这个时候，四十面相背后发生了奇怪的事情。

驾驶席背后放有一个装着行李的大木箱，而盖在大木箱上的咖啡色大帆布罩，开始蠕动，紧接着，帆布罩下露出一个人的手来，手上握着手枪，黑洞洞的枪口朝着四十面相的背部瞄准。

不一会儿，枪口抵在了四十面相的背上。

"什么？"

四十面相面如土色，急忙转过脸来，背后那个持枪的男子掀开帆布罩，站起身来，随即伸出左手从四十面相的口袋里搜出那支金色手枪。

"你是谁？"

"四十面相，你难道连我的脸也忘记了吗？哈哈……好久不见了！"

上穿黑色衬衫，下穿黑色西裤的男子，继续将枪口抵住四十面相的背部。

"什么？你是明智小五郎？"

"是的，坐在你身边的飞行员也不是你的部下，而是我的部下化装的。你的部下早已被我五花大绑，现在正躺在荒草地里呢！"

"什么？这飞行员果真不是我的部下？"

四十面相没有想到，今天夜里一连遇到两个替身，致使自己一败涂地。刚才遇上的是良子的替身，现在遇上的飞行员也是替身。

　　"四十面相，你低头看一下直升机下面的荒草地吧！警视厅的两辆警车，正在恭候你大驾光临呢！瞧！他们还带来了小型探照灯，把荒草地照得像白天那样。明亮的灯光主要是让直升机安全着陆。瞧！人群中肯定还有中村警部。"

　　眼下是在直升机上，即便四十面相再想施展逃跑的绝招也是白搭。他垂头丧气地闭上眼睛，瘫软在座椅上不再吭声。

　　直升机静静地向下盘旋，朝着被灯光照亮的荒草地上降落。随着直升机不断地接近地面，警察的身影越来越清楚，站在人群前面的，果然是中村警部。

　　其中，还有小林和吉村。

　　灯光下，十来个少年正在为直升机引路，这么晚了，哪来那么多的少年？

　　啊啊，明白了，他们是少年侦探团和流浪儿别动队的队员。他们原先是流浪街头的乞丐，在明智大侦探的关心下，年龄大的已经在街道工厂上班，年龄小的已经在小学和中学里上学。今天正值星期六，也是他们的侦探活动日。其实他们早就埋伏在这里了，由于没有接到小林团长的命令，只得眼睁睁地看着四十面相坐上直升机逃走。

现在他们最希望目睹明智先生的英姿和四十面相的狼狈相。

直升机终于顺利地降落在地面上，警察们将直升机团团围住。两个警察上前抓住被明智先生押下直升机的四十面相，将手铐戴在四十面相的手腕上，随后又用粗绳索将四十面相五花大绑，抬着他押上警车。

人群里走出钟塔别墅的主人园田先生，身后跟着儿子丈吉。

他俩走到明智大侦探跟前，拉着明智大侦探和小林的手连声道谢。中村警部站在一旁，脸上笑嘻嘻的。

"明智先生万岁！"

"小林团长万岁！"

"少年侦探团和流浪儿别动队万岁！"

也不知是什么时候，明智大侦探和小林团长被少年们围得水泄不通。

少年侦探们高举双手，异口同声地高呼口号，沉浸在胜利的喜悦之中。

江户川乱步年谱

1894年　出生

本名平井太郎，10月21日出生于三重县名张市，为家中长子。父平井繁男，时任名贺郡官府书记员。母平井菊。

1897年　3岁

因父亲工作调动，举家搬迁至名古屋市。

1901年　7岁

4月，进入名古屋市白川寻常小学就读。

1903年　9岁

《大阪每日新闻》连载菊池幽芳的《秘密中的秘密》，母亲每晚都会念给他听，从此对侦探故事萌生了极大兴趣。

1905年　11岁

4月，进入市立第三高等小学。协助父亲采用胶版誊写版印刷和发行少年杂志。二年级时喜欢上了押川春浪的武侠冒险小说。

1907年　13岁

4月，升入爱知县立第五初级中学。读到黑岩泪香的《岩窟王》，印象特别深刻。

1908年　14岁

其父开设平井商店，主营进口机械的贸易销售，兼营外国保险代理和煤炭销售业务，并采购全套铅字，印刷和发行《中央少年》杂志。秋天，开始在学校附近租借宿舍，独立生活。

1910年　16岁

与要好同学坐船到中国的东北地区旅行。

1912年　18岁

3月，初中毕业。因喜欢出版事业，与同学到处奔走、筹备。6月，其父开设的平井商店破产倒闭。由于失去了学费来源，没有继续上高中。随父亲坐船到朝鲜马山，从事垦荒和测量工作。8月，只身赴东京勤工俭学，以优异成绩考入早稻田大学预备班，白天上学，晚上寄宿在东京都本乡汤岛天神町的云山印刷厂，逢休息日打工。12月，迁到春日町借宿，业余时间靠誊写挣钱。

1913年　19岁

春，与祖母在东京牛込喜久井町生活，重读黑岩泪香等著名作家写的侦探小说。曾计划印刷和发行《少年新闻报》。8月，预备班毕业，考入早稻田大学经济学专业学习。

1914年　20岁

春，与同学创办《白虹》杂志，利用业余时间阅读爱伦·坡、柯南·道尔等英国作家的短篇侦探小说。为了阅读侦探小说，辗转于各大图书馆，所做的笔记装订成册，称为《奇谈》。

1915年　21岁

其父回国供职于某保险公司，在牛込与全家一起生活。继续阅读外国侦探小说，并悉心研究"暗号通讯文书"的由来、规则和特点。

1916年　22岁

8月，毕业于早稻田大学经济学专业，入职大阪府贸易商加藤洋行。

1917年　23岁

5月，从加藤洋行辞职，在伊东温泉开始阅读谷崎润一郎的作品《金色之死》，执笔撰写电影评论文章。11月，入职三重县鸟羽造船厂电机部，参与内部杂志《日和》的编辑。

1918年 24岁

4月，其父再赴朝鲜工作。与鸟羽造船厂的同事组织"鸟羽故事会"，在各剧场、小学巡回。冬，在坂手村小学结识村上隆子。

1919年 25岁

辞职到东京。2月，与两个弟弟在东京本乡驹达町经营一家旧书店"三人书房"。7月，在书店二层编辑《东京PACK》杂志。11月，开设中华面馆。同年，与村上隆子成婚。

1920年 26岁

2月，入职东京市政府社会局。10月，关闭旧书店，入职大阪时事新报社，担任记者，经常与井上胜喜谈论侦探小说，开始撰写《二钱铜币》。

1921年 27岁

3月，长子平井隆太郎诞生。4月，在东京担任日本工人俱乐部书记。

1922年 28岁

8月，辞职后回到大阪府外守口町的父亲家，与父亲一起生活。9月，《二钱铜币》《一张收据》完稿，正式向某杂志社投稿，但未被采用。不久，改投《新青年》杂志，经审定采用。12月，入职大桥律师事务所。

1923年　29岁

4月，《二钱铜币》在《新青年》刊载，小酒井不木博士长文推荐。7月，《一张收据》在《新青年》刊载，辞去大桥律师事务所工作，入职大阪每日新闻社广告部。

1924年　30岁

4月，关东大地震，全家迁回大阪。7月，在《新青年》发表《二废人》。10月，在《新青年》发表《双生儿》。11月底，离开大阪每日新闻社，成为职业作家。

1925年　31岁

1月，在《新青年》增刊发表《D坂杀人事件》，名侦探明智小五郎首次登场。到名古屋拜访小酒井不木。之后，到东京拜访森下雨村，结识《新青年》派作家。2月，在《新青年》发表《心理测验》。3月，在《新青年》发表《黑手组》。4月，在《新青年》发表《红色房间》，与春日野绿、西田政治、横沟正史等作家发起创建"侦探兴趣协会"。5月，在《新青年》发表《幽灵》。7月，在《新青年》发表《白日梦》《戒指》。8月，在《新青年》增刊发表《天花板上的散步者》。9

月，在《新青年》发表《一人两角》，在《苦乐》发表《人间椅子》；其父逝世。10月，成立"新兴大众文艺作家协会"。

1926年　32岁

发表侦探小说《噩梦塔》（直译名《幽鬼之塔》）等多篇作品。12月，在《朝日新闻》上连载《畸心人》（直译名《侏儒法师》）。

1927年　33岁

3月，停笔，与妻平井隆子开设"宿舍租借有限公司"。不久，独自外出旅行，到日本海沿岸、千叶县沿岸等地；10月，到京都、名古屋等地；11月，与小酒井不木、国枝史郎、长谷川伸和土师清二等人创建大众文艺民间合作组织"耽绮社"。

1928年　34岁

3月，出售早稻田大学附近的宿舍。4月，买下东京户塚町源兵卫一七九号的房屋。同年，发表《丑角师》（直译名《地狱丑角师》）。

1929年　35岁

1月，在《新青年》发表《噩梦》。6月，发表处女随笔《恶魔王》（直译名《恐怖的魔王》）。8月，在《讲谈俱乐部》连载《蜘蛛男》。

1930年　36岁

5月，改造社出版《孤岛之鬼》。7月，在《讲谈俱乐部》连载《魔术师》。9月，在《国王》连载《黄金假面》。10月，讲谈社出版《蜘蛛男》。

1931年　37岁

5月，平凡社出版《江户川乱步选集》13卷。同年，出版《迷重重》（直译名《钟塔的秘密》）、《暗黑星》和《邪与恶》（直译名《影男》）。

1932年　38岁

3月，停笔，带全家外出旅游，先后到过京都、奈良、近江等地。

1933年　39岁

1月，加入大槻宪二创建的"精神分析研究会"，每月出席例会，并为该会《精神分析杂志》撰稿。4月，长子平井隆太郎升入大阪府立第五初中学校。同年，好友山本直一辞去博物馆工作，担任江户川乱步的助手。12月，在《国王》连载《红蝎子》（直译名《红妖虫》）。

1934年　40岁

发表《恐吓信》（直译名《魔术师》）、《黑天使》和《不归路》（直译名《死亡十字路》）。

1935年　41岁

1月，平凡社陆续出版《江户川乱步杰作选》12卷。6月，春秋社出版《人间豹》。9月，编写《日本侦探小说杰作集》，由春秋社出版，并发表长篇评论文章。

1936年　42岁

1月，在《讲谈俱乐部》连载《绿衣人》；在《少年俱乐部》连载《怪盗二十面相》。5月，春秋社出版评论集《鬼的话》。12月，讲谈社出版《怪盗二十面相》。

1937年　43岁

1月，在《讲谈俱乐部》连载《噩梦塔》（直译名《幽鬼之塔》），在《少年俱乐部》连载《少年侦探团》。战争爆发后，政府当局对于出版物的审查越来越严格，江户川乱步的所有小说被禁止出版发行，不得不停止撰写侦探小说。为了生活，江户川乱步借用别名为少年儿童撰写探险小说。后来，当局只允许江户川乱步撰写防谍反特小说，在杂志和报纸决定连载前，必须经过外交部、内务部、警视厅和宪兵机构的联合审查，达成一致意见后方可使用江户川乱步的名字刊登。由于公开抗议，被勒令停止写作，结果只写了一部小说。

1938年　44岁

1月，在《少年俱乐部》连载《妖怪博士》。3月，讲坛社出版《少年侦探团》。4月，新潮社出版《噩梦塔》。9月，新潮社出版《江户川乱步选集》10卷。

1939年　45岁

1月，在《讲谈俱乐部》连载《暗黑星》，在《少年俱乐部》连载《蒙面人》。2月，讲谈社出版《妖怪博士》。

1940年　46岁

2月，讲谈社出版《蒙面人》。7月，因心脏不适住院治疗。10月，与同人创立"大政翼赞会"。

1941年　47岁

7月，非凡阁出版《噩梦塔》。12月，任东京池袋丸山町防空会长。

1942年　48岁

任东京池袋北町会副会长，以"小松龙之介"的笔名连载《聪明的太郎》。

1943年　49岁

与著名作家井上良夫书信往来，交流对欧美侦探小说的看法。8月，开始连载科幻小说《伟大的梦》。11月，东京大学文学部在读的长子平井隆太郎被征召入伍，为其举行送别会。

1944年 50岁

出任行政监察随员助手，后在町会领导下开设军需品加工厂生产皮革制品。

1945年 51岁

4月，家属被疏散到福岛，自己则只身留在东京池袋，继续担任町会副会长。6月，因病被疏散到福岛。8月，在病床上听到裕仁天皇宣布无条件投降，平井隆太郎从土浦飞行队退役。11月，举家迁回池袋。

1946年 52岁

6月，倡议成立"侦探小说星期六研讨会"，每月开一次例会。

1947年 53岁

6月，"侦探小说星期六研讨会"更名"侦探作家俱乐部"，被选举为第一届主席。11月，到关西等地演讲，普及和推广侦探小说。没有新作问世，但旧作再版达31部。

1949年 55岁

1月，在《少年》连载《青铜怪人》。6月，再度当选侦探作家俱乐部会长。11月，光文社出版《青铜怪人》。

1950年　56岁

1月，在《少年》连载《虎牙》。3月，在《报知新闻》连载《断崖》，为战后首部短篇侦探小说。12月，光文社出版《虎牙》。

1951年　57岁

1月，在《趣味俱乐部》连载《恐怖的三角馆》，在《少年》连载《透明怪人》。5月，岩谷书店出版评论集《幻影城》。12月，光文社出版《透明怪人》。

1952年　58岁

1月，在《少年》连载《怪盗四十面相》。3月，评论集《幻影城》荣获侦探作家俱乐部授予的"第五届优秀侦探小说勋章"。7月，辞去侦探作家俱乐部会长一职，任名誉会长。12月，光文社出版《怪盗四十面相》。

1953年　59岁

1月，在《少年》连载《宇宙怪人》。12月，光文社出版《宇宙怪人》。

1954年　60岁

1月，在《少年》连载《塔上魔术师》。10月，日本侦探作家俱乐部、东京作家俱乐部和捕物作家俱乐部联合主办"江户川乱步六十大寿庆典"，会上正式设立"江户川乱步奖"。《别册宝石》第四十二期杂志作为

"江户川乱步六十周岁纪念特刊"，《侦探俱乐部》十二月号杂志也作为"乱步花甲纪念特刊"。著名作家中岛河太郎编纂和发行《江户川乱步花甲纪念文集》。11月，映阳堂出版《江户川乱步选集》10卷。12月，光文社出版《塔上魔术师》。

1955年　61岁

1月，在《趣味俱乐部》连载《影男》，在《少年》连载《海底魔术师》，在《少年俱乐部》连载《灰色巨人》。5月，举行首届"江户川乱步奖"颁奖仪式。11月，在三重县名张市举行"江户川乱步诞生地"树碑庆贺仪式。12月，光文社出版《海底魔术师》《灰色巨人》。

1956年　62岁

1月，在《少年》上连载《魔法博士》，在《少年俱乐部》上连载《黄金豹》。1月24日，"日本翻译家研究会"成立，出任研究会顾问。2月，出任"日本文艺家协会语言表述问题专业委员会"委员。4月，发表《英文翻译侦探小说短篇集》。8月，接任《宝石》杂志主编。11月，光文社出版《马戏团里的怪人》《魔法人偶》。

1957年　63岁

1月，在《少年》连载《夜光人》，在《少年俱乐部》连载《奇面城的秘密》，在《少女俱乐部》连载《塔上魔术师》。12月，光文社出版《夜光人》《奇面城的秘密》《塔上魔术师》。

1959年　65岁

1月，在《少年》连载《假面具背后的恐怖王》。11月，桃源社出版《欺诈师与空气男》，光文社出版《假面具背后的恐怖王》。

1960年　66岁

1月，在《少年》连载《带电人M》。4月，出任东都书房《日本侦探推理小说大集成》编辑委员。

1961年　67岁

4月，成为文艺家协会名誉会员。7月，出席"江户川乱步从事侦探小说创作四十周年庆典"，桃源社出版《侦探小说四十年》。10月，桃源社出版《江户川乱步全集》18卷。11月3日，荣获日本政府颁发的"紫绶褒勋章"。

1963年　69岁

1月，"日本侦探作家俱乐部"升格为社团法人"日本推理作家协会"，被一致推选为第一届理事长。8月，再次当选，坚辞不受，亲自提名松本清张接任第二届理事长。

1965年　71岁

7月28日，突发脑出血逝世，戒名智胜院幻城乱步居士。获赠正五位勋三等瑞宝章。8月1日，在青山葬仪所举行日本推理作家协会葬，墓所位于多摩灵园。

译后记

　　我1981年8月考入宝钢翻译科从事翻译工作，1982年初开始从事日本文学翻译，1983年2月首次发表日本文学译作。四十余年来，我一直致力于中日民间文化交流，尤其是翻译了日本推理文学鼻祖江户川乱步的作品全集，由衷地感到欣慰和满足。

　　《江户川乱步全集》共46册，数百万言，历经数个寒暑才翻译完成。回首往事，第一天坐在桌案前写下第一行译文的情景仍历历在目。为了解江户川乱步的创作思想、创作背景和准确把握作品的神韵，除反复阅读其所有小说作品外，我还遍览《侦探推理文学四十年》《乱步公开的隐私》《幻影城主》《奇特的立意》和《海外侦探推理文学作家和作品》等乱步的随笔和评论集。并专程去了坐落在东京丰岛区池袋的江户川乱步故居考察，到日本国家图书馆查阅了有关江户川乱步的许多资料。

为了让更多的人了解江户川乱步，我在《新民晚报》先后发表了《江户川乱步，日本侦探推理文学的先驱》《日本的福尔摩斯》《江户川乱步的起步》《徜徉少年大侦探系列》《徜徉青年大侦探系列》，接受了腾讯视频、东方电视台、《上海翻译家报》、沪江网、日语界以及日本青森电视台、《东粤日报》、《朝日新闻》、《产经新闻》、《中日新闻》的相关采访。

鲁迅说："伟大的成绩和辛勤劳动是成正比的，有一分劳动就有一分收获。日积月累，从少到多，奇迹就可以创造出来。"我历经数年辛劳翻译的这版《江户川乱步全集》，2004年4月被乱步故里日本名张市政府收藏，2020年10月又被日本驻上海总领事馆收藏，并荣获国际亚太地区出版联合会

APPA翻译金奖，其中的"少年侦探团系列"荣获国家新闻出版总署优秀少儿图书三等奖。

　　江户川乱步可以说是日本推理文学的代名词，江户川乱步奖是推动日本推理文学作家辈出的巨大动力，《江户川乱步全集》是世界侦探推理文学的瑰宝。希望通过这套《江户川乱步全集》，可以让更多的读者共同享受推理文学的乐趣。

　　　　　　2021年元旦于上海虹桥东华美寓所

图书在版编目（CIP）数据

塔上魔术师／（日）江户川乱步著；叶荣鼎译. --济南：
山东画报出版社，2021.4

（江户川乱步全集·少年侦探团系列）

ISBN 978-7-5474-3877-0

Ⅰ.①塔… Ⅱ.①江… ②叶… Ⅲ.①儿童小说 - 侦探小说 -
日本 - 现代 Ⅳ.①I313.84

中国版本图书馆CIP数据核字（2021）第055701号

TASHANG MOSHUSHI

塔上魔术师

〔日〕江户川乱步 著　叶荣鼎 译

责任编辑 姜　辉
装帧设计 Pallaksch

出 版 人 李文波
主管单位 山东出版传媒股份有限公司
出版发行 山东画报出版社
　　　　　社　　址 济南市市中区英雄山路189号B座　邮编 250002
　　　　　电　　话 总编室（0531）82098472
　　　　　　　　　 市场部（0531）82098479　82098476（传真）
　　　　　网　　址 http://www.hbcbs.com.cn
　　　　　电子信箱 hbcb@sdpress.com.cn
印　　刷 山东新华印务有限公司
规　　格 787毫米×1092毫米　1/32
　　　　　6.75印张　100千字
版　　次 2021年4月第1版
印　　次 2021年4月第1次印刷
书　　号 ISBN 978-7-5474-3877-0
定　　价 36.00元